www.ingramcontent.com/pod-product-compliance
Lightning Source LLC
LaVergne TN
LVHW050804051026
849532LV00008B/2964
* 9 7 8 9 3 6 9 0 8 2 3 5 3 *

بتّی بجھنے تک

(افسانے)

کنور سین

Batti bujhne tak *(Short Stories)*
by: Kunwar Sen
Edition: November '2025
Publisher :
Taemeer Publications LLC (Michigan, USA / Hyderabad, India)

ISBN 978-93-6908-235-3

9 789369 082353

کتاب	:	**بتّی بجھنے تک** (افسانے)
مصنف	:	**کنور سین**
صنف	:	فکشن
ناشر	:	تعمیر پبلی کیشنز (حیدرآباد، انڈیا)
سالِ اشاعت	:	۲۰۲۵ء
صفحات	:	۶۸
سرورق ڈیزائن	:	تعمیر ویب ڈیزائن

فہرست

ا

پرساد

آج کی بات اور ہے۔

اس شام آسمان اتنا لال نہیں تھا۔ پھر بھی اس نے خون چکھ لیا تھا۔ "مجھے وشواس ہے اوپر گھور یُدھ شروع ہو گیا ہے۔" اپنے دفتر کی کھڑکی سے دور تک دکھائی دیتے کٹے پھٹے بادلوں پر نظریں جمائے بیٹھے 'آندولن' کے مالک مکتی بودھ کا چہرہ گمبھیر ہو گیا۔ "اب آکاش اور دھرتی کو ایک دوسرے پر بھروسہ نہیں رہا ورنہ شام کہیں اس طرح بھی لہو روتی ہے۔۔۔؟" اس نے 'آندولن' کے لیے تیار کیے ہوئے میرے اور پریاگ کے سوال نامے کو ایک طرف ہٹا دیا تو میں نے پہلو بدل لیا۔

"واتاورن اور بھی دھندلا ہو گیا ہے۔ سب کچھ بوجھل اور بے معنی لگنے لگا ہے۔ دھواں اور بڑھ گیا تو کچھ نہیں بچے گا۔" سمپادک کی بات سن کر مکتی بودھ نے وہسکی میز پر رکھ دی اور شام کو آخری سانس لیتے ہوئے دیکھنے لگا۔

پہلا پیگ ختم ہوتے ہوتے اندھیرے نے دفتر کو اپنے آنچل میں سمیٹ لیا۔ میں نے اٹھ کر بلب جلایا تو مکتی بودھ چونکا۔۔۔ اس نے دوسرے پیگ کے لیے

گلاس خالی کر دیا۔ "رینگتے کو بھی چلنا کہتے ہیں۔ زندگی کا اس طرح جام ہو جانا! تالا بندی پتھر کے کمرے کو بھی اداس کر دیتی ہے۔" وہ ہمیں دھندلی نگاہوں سے دیکھنے لگا اور رات بوجھل قدموں کے ساتھ ہمارے اندر اترنے لگی۔

"جو برا ہے اسے دہرانے سے ہم رکتے نہیں۔ اپنے آپ کو شراپ دینا ضروری کیوں ہے؟ ہم اپنا کفن آپ ہی بنتے رہتے ہیں۔" میری بات پر سمپادک نے لمبا گھونٹ بھرا۔۔ گھر کی مریادا آدمی کا سب سے بڑا آسرا ہوتی ہے۔ اسی کے سہارے وہ سب کچھ سہتا رہتا ہے۔ یہی اسے وناش کا رمارگ اپنانے سے روکتی ہے۔ یہاں تو سب کچھ برباد کیا جا رہا ہے۔ سادھن کو لکش کا شترو بنایا جا رہا ہے۔"

مکتی بودھ نے سگریٹ سلگایا، "وقت کے پاؤں میں زنجیر ڈال دینے کی اِچھّا کسے نہیں ہوتی لیکن سمے پوری طرح مکت رہتا ہے۔" وہ سوچ میں ڈوب گیا۔ "یہ بات ہم یُگ یُگ سے جانتے ہیں۔ پھر بھی برسوں کشٹ سہہ کر کمائے پُن کو ایک پَل میں نشٹ کر دیتے ہیں۔۔۔"

میں نے پوچھا، "کیا نراشا کے سوا کچھ بھی باقی نہیں رہا؟"

"میں نے یہ نہیں کہا۔ یہ میرا ادھیکار بھی نہیں۔ دیواروں پر سیاہی پوت دینے سے رات نہیں ہو جاتی۔ میں مانتا ہوں ایسا کرنے سے رکنا آدمی کے بس میں نہیں۔ لیکن میرا وشواس ہے کہ روشنی اندھیرے سے زیادہ مکت ہوتی ہے۔ ورنہ ہمیں اندھیری رات میں دِیا جلانے کا خیال کیوں آتا؟ کوئی کچھ بھی کرے، وہ سب کچھ نشٹ نہیں کر سکتا۔ شاید وہ کچھ بھی نشٹ نہیں کر سکتا۔" مکتی بودھ نے تیسرا پیگ اٹھایا۔

"یہ سب کہنے کی بات ہے۔" پریاگ نے مَون کا آنچل چھوڑا۔

"نہیں یہ دیکھنے کی بات ہے۔"

"میں نہیں مانتا۔ ان دنوں جو کچھ ہوا اور جس طرح ہم اسے چپ چاپ سہتے رہے وہ بھی دیکھنے کی بات ہے۔ میں جانتا ہوں تم کہوگے۔۔۔ انتظار کرو۔۔۔ لیکن انتظار کی کوئی حد نہیں۔ کئی بار ہمیں عمر بھر انتظار کرنا پڑتا ہے۔"

"لیکن ہم پہاڑ اور سمندر کے ادھر ہی نہیں رہتے۔ ہوا پر کسی کو اختیار نہیں۔ آج کوئی اکیلا نہیں۔"

"یہ دوسروں پر بھروسہ کرنے والی بات ہے۔ ستّا بھی ہوا کی طرح ہے۔ دیواروں میں سوراخ نہیں ہونے دیتی۔ چیخ باہر نہیں پہنچتی۔ ہمدردی کو اندر آنے کی راہ نہیں ملتی۔"

"تم اس قدر ڈر جاؤگے میں نہیں جانتا تھا۔ تم تو شاسن اور ستّا کا بھید بھی بھول گیے۔" سمپادک بولا۔

"بغاوت ستا کے خلاف ہوتی ہے شاسن کے نہیں۔" میں بھی چپ نہیں رہا۔

"یہ سب اپنا گھروندا بچانے کی بات ہے، ورنہ ذرا سا کرنے سے سب کچھ ہماری مٹھی میں آجاتا ہے۔"

"ہماری مٹھی میں سوائے اپنے بھاگیہ کے اور کچھ نہیں آتا۔ بھاگیہ کچھ بھی ہو سکتا ہے۔ اتنی آزادی سوائے ہونی کے اور کسی کو نہیں۔ کوئی 'کچھ' تو ہو سکتا ہے سب کچھ نہیں۔ بھرم کی اور بات ہے۔ مکتی بودھ نے کہا "میں اور نہیں پیوں گا۔ اب گھر چلوں گا۔"

سڑک پر چھڑی کے سہارے کھڑے پریاگ نے مجھے نزدیک آتے ہوئے اسکوٹر کو روکنے سے منع کر دیا۔ "مکتی بودھ کا دماغ اب کام نہیں کرتا۔ چھوٹی سی بات اس کی سمجھ میں نہیں آئی۔"

"تمہیں نشہ ہو گیا ہے۔ بیماری نے تمہارا نروس سسٹم کمزور کر دیا ہے۔ اب یہ ایک پیگ سے زیادہ برداشت نہیں کرتا۔" میں نے اسے غور سے دیکھا "آج اتنی دور پیدل کیسے چلے آئے؟"

"آج کی بات چھوڑو۔ اس دن پریاگ میرے ساتھ تھا۔"

گھر کے کونے کونے میں دھواں پھیل گیا تھا۔ لوگ اندر بیٹھ سکتے تھے نہ باہر جھانک سکتے تھے۔ سڑک پر آگ تھی۔ نیچے کودنے میں خطرہ کم نہیں تھا۔ واتاورن کا کوئی روپ نہیں رہ گیا تھا۔ روپ ہی نہیں تو رنگ کیا۔ سب کچھ گم ہو چکا تھا۔ دل کانپتا تھا۔ زبان لرزتی تھی۔ آنکھیں دیکھتے ہوئے بھی اندھی تھیں۔

"بھسین گرفتار ہو گیا۔۔" میں پریاگ کے گھر بیٹھا تھا۔ "رات دو بجے پولیس اسے پکڑ کر لے گئی۔"

"اچھا ہوا۔ باتیں بہت بناتا تھا۔ گیان بگھارنے کا بھی وقت ہوتا ہے"۔

"کیا کہتے ہیں؟" میں نے پاگل کی طرح اس کی طرف دیکھا، "بھسین ہمارا دوست ہے اس کے گھر میں کوئی اور کمانے والا نہیں۔ اس کی بیوی! اس کے بچے!!"

"میں بھسین کی بات نہیں کر رہا۔ میں تو شاسن کی بات کہہ رہا ہوں۔ شاسن نے اپنے آپ کو پہچان لیا ہے۔ تمہیں بتاؤ کہیں پیپل کا پتّہ بھی ہلتا ہے۔ بیچارہ مکتی بودھ اس نے پتہ نہیں کیسا انّ کھالیا ہے!!"

"کیا تم بھی!" میں چونکا، "مگر تم تو مکتی بودھ کو مانتے ہو۔ تم ہی کہا کرتے ہو کہ تمہارا خمیر 'آندولن' سے اٹھا ہے۔ اور آج۔۔۔"

"تم نے پھر مجھے غلط سمجھا۔ میں مکتی بودھ کے خلاف نہیں۔ میں تو اپنی بات کہہ رہا ہوں۔ تو سنو۔" اس نے میز پر بکھرے کاغذ سمیٹ لیے اور لیٹے لیٹے پڑھنے لگا، "دیکھا میں نے اس اتیاچار کو کیسے باندھا ہے۔ یہ ویرانی، یہ بربادی مجھ سے چھپی تو نہیں۔" وہ رک گیا "ماں کہہ گئی ایسا سمے ضرور آئے گا اور اس کی چھایا دیر تک بنی رہے گی۔" وہ مسکرانے لگا، "تم بات کو سمجھا کرو۔ مکتی بودھ کی سوچ اب کام نہیں کرتی۔"

اسے اُجاڑ کے خلاف بولتا سُن کر میں پھر اس کے قریب ہو گیا۔ "تم لکھتے رہو چھپنے کی بات تو رہی نہیں۔ پھر بھی وقت کا کچھ پتہ نہیں۔ قلم نہ رُکنے پائے۔ بھلے ہی فصل ویرانی کی کاٹنی پڑے۔" میں بولتا رہا۔ وہ سنتا رہا۔ لیٹے لیٹے۔

آج کا تو میں نے سوچا بھی نہیں تھا۔

اس دن پریاگ کا فون آیا، "میں تمہیں دفتر سے لے لوں گا۔۔۔ یہی کوئی بارہ بجے۔۔۔ آدھی چھٹی لے لینا۔۔۔ باقی ملنے پر۔۔۔"

اسکوٹر میں بیٹھتے ہی میں نے کہا، "اب برداشت نہیں ہوتا۔ ہاتھ پیر سنّ ہو گیے اتنا بھی کیا۔ جب کوئی ہلتا ڈولتا ہی نہیں تو اس پر ہاتھ اٹھانے سے کیا فائدہ؟ اور کیا لینا ہے ہم سے؟ وچار، بھاشا، چال ڈھال سب کچھ تو دے ڈالا۔۔۔"

"ابھی نہیں۔ ابھی بہت کچھ باقی ہے۔" پریاگ نے میرے ساتھ آنکھ نہیں ملائی۔

"اب تو کچھ بھی نہیں رہا۔ گھر باہر ایک ہو گیا ہے۔ دروازہ بند ہو یا کھلا کوئی فرق نہیں پڑتا۔ جب چاہیں دھپ دھپ کرتے اندر آجاتے ہیں۔ دستک دہشت کی علامت بن گئی ہے۔ ان کا جی چاہے تو سڑک سے پکڑ کر لے جائیں۔ بِنا جرم کیے خود کو مجرم ماننا! تم ہی بتاؤ باقی رہ کیا گیا ہے؟"

"ابھی تم میرے ساتھ بات کرتے ہو۔ مجھے ان کی بابت جتاتے ہو۔ ابھی تمہارا اپنے سایے سے رشتہ نہیں ٹوٹا۔"

"پریاگ کیا تم بھی۔۔۔!" میں نے اپنی طرف بڑھائے ہوئے کاغذ کو پکڑ کر کھول لیا۔ "یہ کیا ہے؟ یہ سب کیا ہے؟؟ میں غصے سے کانپنے لگا۔ "تم سچ مچ ان کے پاس جا رہے ہو؟ پھر مکتی بودھ۔۔۔؟"

"تم بات کو سمجھنے میں ہمیشہ ناکام رہتے ہو۔ جب تم یہ کہتے ہو کہ اندر باہر کا بھید ہی نہیں رہا۔ ہم جہاں بھی ہیں نہتے ہیں تو ہمیں کچھ تو کرنا ہو گا۔۔۔"

"کیا کرنا ہو گا؟"

"ایک ننگے آدمی کو کیا کرنا ہوتا ہے؟" اسی نے جواب دیا "بس کپڑے پہننا ہوتا ہے۔"

"تو یہ نظم تمہارا بہروپ ہے؟"

"یہی سمجھو۔"

"مکتی بودھ کیا کہے گا۔ اس کی آشاؤں کو مٹّی میں نہ ملاؤ۔ اسے وشواس ہے کہ تم آندولن کو زندہ رکھو گے۔"

"میں نے کہا نا مکتی بودھ کا دماغ کام نہیں کرتا۔ یہ آمنے سامنے کی لڑائی نہیں۔

میں حیران ہوں وہ ابھی تک باہر کیسے ہے!"

"تم مجھے یہیں اتار دو۔ میں تمہارا ساتھ نہیں دے سکتا۔ میں خاموش رہ لوں گا لیکن جھوٹ نہیں بولوں گا۔"

"اب بھی وقت ہے مجھ پر شک نہ کرو۔ ہو سکتا ہے میرا کیا دھرا تمہارے کام آئے۔ یقین کرو میں اس تباہی کے حق میں نہیں ہوں۔"

میں نے اس کی ایک نہیں سنی۔

آج کی بات میں نے کبھی نہیں سوچی تھی۔

شام ہوتے ہی پریاگ کا بلاوا آیا، "ابھی چلے آؤ۔۔۔"

میں نے اس کے کمرے میں جاتے ہی کہنا شروع کیا، "اب تو پوائنٹ بلینک گولی مار دی جاتی ہے۔ کون کہاں گم ہو جاتا ہے کس پر کیا بیتتی ہے کچھ پتہ نہیں چلتا۔ پوچھ تاچھ کرنے والے کی اپنی خیر نہیں۔ بار بار اپنے آپ کو سمجھانا پڑتا ہے۔ ان گنت لوگوں کو بے گھر کر کے کھلے آسمان کے نیچے ننگی دھرتی پر ڈال دیا۔ کتنے لوگ سردی، برسات، بیماری سے مر گیے۔ کتنوں کو سانپوں نے ڈس لیا۔ کسی کی عزت محفوظ نہیں۔ اب تو یہ سب کھلے عام کیا جاتا ہے۔ اس بے رحمی اور من مانی کا حشر کیا ہو گا؟"

پریاگ میری بات سنتا رہا۔ کپڑے بدلتا رہا۔ اس کے چہرے پر بے زاری نہ تھی۔ اپنے آپ میں مطمئن وہ مسکراتا رہا۔ بڑی بات یہ تھی کہ اس نے کپڑے بدلنے اور چیزوں کو سنوار کر رکھنے میں میری مدد نہیں مانگی۔

"کس کا حشر؟" بُوٹ کے تسمے باندھتے وقت پریاگ کی آواز میں لہک آگئی، "تم

ابھی تک بات کو نہیں سمجھے۔ میں پوچھتا ہوں کس کا حشر۔۔۔؟"

"کیا تم نہیں جانتے؟" میں بوکھلا کر اسے دیکھنے لگا، "گھر باہر کو جیل بنا دینے والے کیا تمھیں دکھائی نہیں دیتے؟"

"چھوڑو یہ ساری باتیں۔ کام کی بات کرو۔" اس نے ساتھ والے کمرے سے کالا بیگ لا کر پلنگ پر رکھ دیا۔ "میں اندر کے کمرے کا تالا لگاتا ہوں تم ٹیکسی لے آؤ۔" وہ ٹائی کی ناٹ پر ہاتھ پھیرنے لگا۔

ٹیکسی آ گئی۔ میں نے بیگ کو اٹھانے کے لئے ہاتھ بڑھایا۔ وہ لپکا۔ "تم چنتا نہ کرو اسے میں اٹھالوں گا" اس نے بیگ اٹھالیا اور تن کو چلتا ہوا کمرے سے باہر نکل گیا۔

"اپنی چھڑی تو لے لو۔" میں نے اسے یاد دلایا۔ "اس کے بغیر زیادہ دیر تک کھڑے رہنا مشکل ہو جائے گا۔"

"اب تم چلو بھی۔ میں سب کچھ جانتا ہوں۔" وہ انوکھی پھرتی سے ٹیکسی کی طرف بڑھ گیا۔

"ہم کہاں جا رہے ہیں۔" ٹیکسی میں بیٹھتے ہی میں نے پوچھا۔

"انہوں نے بہت سارے وعدے کیے ہیں۔ ریڈیو، ٹیلی ویژن، نئی سنستھا کے گٹھن کا پورا ادھیکار، کتاب چھاپنے کے لئے سرمایہ۔۔۔"

"اس بیگ میں کیا ہے؟"

"اس میں؟" وہ مسکرایا۔

"کیا کہا؟"

اس نے بیگ کو سینے سے لگا لیا۔ "وہاں جمع ہونے والوں میں بانٹنے کے بعد جو

بچے گا وہ کم نہیں ہو گا۔ تم ذرا ہوشیاری سے کام لینا۔ کورے فارموں پر دستخط کراتے وقت ہچکچانا نہیں۔"

"میں تمہارے ساتھ نہیں جاؤں گا۔" لال بتّی پر ٹیکسی کے رکتے ہی میں نے دروازے کے ہینڈل پر ہاتھ رکھ دیا۔

"تم نادان ہو مکتی بودھ کا حشر نہیں جانتے۔ تم نے پہلے بھی غلطی کی تھی۔ ایسے موقعے بار بار۔۔۔"

اتنے میں بتی نے رنگ بدل لیا اور ٹیکسی چوراہے کو پار کرنے لگی۔

***

۲

لہو اور کول تار

اس کے کمرے میں داخل ہوتے ہی وہاں پھیلی فضا کو سراپا زبان بنے دیکھ کر لگا اس کے پاس لانے والا بوڑھا شاعر مجھے پھر سے سمجھانے لگا ہے۔۔۔ ماڈرن کھنڈر میں کوئی دل کشی نہیں ہو سکتی۔ اسے تو گرنا تک نہیں آتا۔ اسے دیکھنے جانا اور اس میں گھومنا خطرے سے خالی نہیں۔ کسی سیّاح کو اپنے میں دل چسپی لیتے دیکھ کر اس کا وجود پھولنے لگے اور اس کے درو دیوار مزید مسماریت کے عمل میں داخل ہو جائیں گے۔ کہیں ہم اس کی گرتی ہوئی اینٹوں کی زد میں نہ آجائیں۔۔۔ لیکن میں اسی کی خاطر یہاں آیا ہوں۔ اس سے ملے بغیر واپس نہیں جاسکتا۔۔۔ تم اسے نہیں جانتے، تم ماڈرن کھنڈر کی خود نمائی اور خود بینی سے واقف نہیں ہو۔ اسے دوبارہ اپنی اہمیت کے وہم میں ڈالنا خطرناک ہے۔ تہذیب کو مشکل سے سانس لینا نصیب ہوا ہے۔ اگر وہ دوبارہ تمدن کی گردن پر سوار ہو گیا تو۔۔۔

"تم اس ملگجی روشنی کا خیال چھوڑ کر میری طرف دیکھو۔" میں اپنے بوڑھے ساتھی کو چھوڑ کر اس کی سننے لگا جو چارپائی پر لیٹا ہوا کچھ کہنے کے لیے بیتاب تھا۔ "میں پھر کہتا ہوں مام نے ادب کو ذرا بھی آگے نہیں بڑھایا۔" پتہ نہیں اس نے پہلی

بار یہ بات کب کہی تھی اور کس لیے کہی تھی۔" وہ بہت ہلکا اور پست قد ادیب تھا۔" مجھے یقین ہو گیا وہ مجھ سے متعارف ہونے کی ضرورت نہیں سمجھتا۔

"تم سمرسٹ کا ذکر کر رہے ہو۔" اسے دفعتاً انگریز ناول نگار پر رائے اگلتے سن کر میں ہڑبڑا گیا۔

"دنیا میں آج تک مام کے نام سے کسی اور نے بھی لکھا ہے؟ پتہ نہیں لوگ جملے ضایع کرنے کا شوق کیوں پالتے ہیں۔ میں تو۔۔۔" وہ جملے کو ادھورا چھوڑ کر بوڑھے شاعر کی طرف دیکھتا ہوا بیزاری کا اظہار کرنے لگا۔

"ہم تو تمہاری صحت کا پوچھنے آئے تھے۔ یہ سب باتیں کسی اور وقت بھی ہو سکتی ہیں۔" بوڑھا بات کو ٹالنے لگا۔

"میری صحت کی بابت تم پہلے ہی جانتے ہو۔ تمہارے سامنے سب کچھ ہوا ہے۔" لگتا تھا وہ روحانی کوفت میں مبتلا تھا۔ "تم ہی کھو گئی ہوئی چیز واپس ہاتھ آتی ہے؟" وہ تڑپنے لگا، "جو تلف ہو چکا ہے۔۔۔"

"تو میں چلتا ہوں۔" بوڑھا دہشت زدہ سا اٹھ کھڑا ہوا۔

"مجھے بھی اجازت دو۔" میں بھی کرسی چھوڑنے لگا۔

"تم بیٹھو۔ تم نے تو ابھی۔۔۔" وہ مجھے متجسس نظروں سے دیکھتا ہوا اس سے بے نیاز ہو گیا، "مجھے اچھی طرح دیکھنا چاہتے ہو تو دوسرا بلب جلا دو۔۔۔ یہ بشاشت صرف میرے چہرے تک ہے۔ باقی سب۔۔۔" اس نے فقرے کا باقی حصّہ پھر نگل لیا۔ واقعی وہ سر سے لے کر گلے تک کا آدمی تھا۔ اب تک اس کے چہرے اور آنکھوں کے سوائے جسم کے کسی دوسرے انگ نے حرکت نہیں کی تھی۔

"تم نے اب بھی مجھے غور سے نہیں دیکھا۔" وہ رنجیدہ ہونے لگا اور میں حیرت میں ڈوبا ہوا اسے ڈھونڈنے لگا۔ میں نے دیکھا اس کی ٹانگیں لکڑی کے ڈنڈے دکھائی دیتی تھیں۔ گھٹنوں اور پاؤں کے زخموں سے نکلا ہوا خون ان میں گڑی کیلوں کے سر پر جم کر سیاہ پڑ گیا تھا۔ البتہ ہاتھوں میں سے خون ابھی تک رس رہا تھا اور سینے میں گڑی کیل بالکل تازہ نظر آتی تھی۔

"یہ سب کیسے ہوا؟" میں نے آسیب زدہ آواز میں پوچھا۔

"یہ سب کیسے ہو سکتا ہے؟" وہ نفرت بھرے لہجے میں بولا، "تم نے اپنا قد دیکھا ہے کبھی وہاں کھڑے ہو کر اپنی اونچائی تو ناپو۔" اس نے اسٹیل کی الماری کے دروازے پر لگے قدِ آدم آئینے کی جانب اشارہ کیا اور میرے کرسی چھوڑتے ہی شیطانی ہنسی ہنسنے لگا۔ ذرا بھی حیا یا تردد نہیں کمبخت کو۔ مجھے اس حالت میں پڑا دیکھ کر شرم بھی نہیں آتی۔ ہو آؤ میاں۔ ناپ آؤ اپنا جثہ۔" میرے ٹھٹکتے ہی وہ سنجیدہ ہو گیا، "میری بات کا برا مت مانو۔ نیم مصلوب آدمی کا ذہن اسی طرح پر اگندہ ہو جاتا ہے۔ میرا مطلب تھا اپنا حدود اربعہ جان لینا آسان نہیں۔" وہ چائے لے کر آئی اپنی بیوی کی طرف دیکھ کر مسکرانے لگا۔

"چائے پینے سے پہلے ان سے متعارف ہونا نہ بھولنا۔ ورنہ حدود اربعہ والی بات سمجھ میں نہیں آئے گی۔" لیکن میرے کچھ کہنے سے پہلے ہی پگھلتی ہوئی موم کی گڑیا کمرے سے باہر جا چکی تھی۔ "بڑی نیک عورت ہے۔ جلتی ہوئی قندیل سے زیادہ پارسا چیز دوسری نہیں ہو سکتی۔ کاش میں نے اس حالت کو پہنچنے سے پہلے اس کی سنی ہوتی۔" اس نے آہ بھری۔ "کیا تم شادی شدہ ہو۔" میرے جواب کا انتظار کیے بغیر

ہی وہ آگے کہنے لگا۔ "بیوی سے زیادہ وفادار اور بے شعور ہستی اس دنیا میں اور کوئی نہیں ہے۔" اس نے آنکھیں میرے چہرے پر گاڑدیں۔ "وہی تمہیں تمہارا حدود اربعہ بتا سکتی ہے۔ لکشمن ریکھا میں قید خاوند ہی اس کی خواہش ہوتا ہے۔ اچھا کیا جو تم نے شادی نہیں کی۔" وہ میری بابت قیافہ لگا کر اطمینان سے بھر گیا۔ میں نے اس کی بے ربط سی باتوں کی تہہ میں اترتے ہوئے چائے کی پیالی اس کے ہاتھ میں تھما دی۔

"خیر، تم یہ بتاؤ کہ مام کے بارے میں تمہارا کیا خیال ہے؟" اس نے ایک گھونٹ سُڑک کر پیالی میز پر رکھ دی اور مجھے خاموش بیٹھا دیکھ کر مسکرانے لگا، "تم ذہین آدمی ہو۔ کوئی بھی ذہین آدمی مام کو کوئی رتبہ نہیں دے سکتا۔ اب اس بوڑھے کو کبھی ساتھ نہ لانا"۔ اس کا چہرہ پھر سخت ہونے لگا۔

"مگر مجھے تمہارے پاس۔۔۔"

"ٹھیک ہے تمھیں میرے پاس وہی لایا ہے لیکن اس سے کچھ فرق نہیں پڑتا۔ وہ اپنے آپ کو سنبھالنے لگا۔ "میں ابھی تک پوری طرح مصلوب نہیں ہوا۔ میری تیز رفتاری نے مجھے اس حالت میں ضرور پہنچادیا ہے۔" اس نے بات کارخ بدل دیا۔ پھر بھی وقت کے پاس ہر زخم کا مرہم ہے۔ وہ گھناؤنے سے گھناؤنا پاپ دھوڈالتا ہے۔ بلند بانگی تو کوئی ایسی بات بھی نہیں۔" اس کی آنکھوں میں امید تیرنے لگی۔ "تم کمرے میں داخل ہوئے اور میرے زخموں کا درد کم ہونے لگا۔ اپنی زیارت کو آئے ہوئے کو دیکھ کر۔۔۔" وہ رک گیا۔ "ذرا میری ٹانگوں میں گڑی کیلیں تو نکال دو۔ شاید ان میں زندگی کی کوئی چنگاری بچی ہوئی ہو۔" مجھے اپنی جگہ سے اٹھتے دیکھ کر وہ

اعتماد سے بھرنے لگا۔ "چنگاری کو پھر سے شعلہ بنتے دیر نہیں لگتی۔" ٹانگوں کو آزاد ہوا دیکھ کر وہ چیخنے لگا، "بیوی جیسی بیوقوف ہستی دنیا میں دوسری کوئی نہیں ہوتی۔ وہ ہار کر آئے خاوند کا سواگت کرتی ہے اور اسے اسی حالت میں بنائے رکھنے میں خوش رہتی ہے۔ اس نے میرے لاکھ کہنے پر بھی میری ٹانگوں سے کیلیں نہیں نکالیں۔ دوسروں کی طرح یہ بھی کہتی ہے یہ اب لکڑی کے ڈنڈوں سے بھی گئی گزری ہو گئی ہیں۔"

مجھے اپنی ٹانگوں میں چنگاری ڈھونڈتے دیکھ کر وہ ملتجی ہو گیا، "لگے ہاتھوں میرے سینے میں گڑی میخ بھی نکال دو۔ مجھے یقین ہے میرے دل کو کوئی نقصان نہیں پہنچا۔ کیل اس سے ذرا ہٹ کر ہی اندر گئی ہے۔" مجھے اپنا کہنا مانتے دیکھ کر وہ خوشی سے پاگل ہو گیا۔ "اس عورت کو بلاؤ جو میرے غم میں گھلتی ہوئی بھی میرا اسی حالت میں پڑے رہنا پسند کرتی ہے۔" اس کی آواز سن کر راکھ ہوتی ہوئی شمع جھپ سے اندر آ گئی اور اس کی ٹانگوں اور سینے کو آزاد ہوا دیکھ کر سن رہ گئی۔ "آپ نے یہ کیا کر دیا؟ آپ نہیں جانتے۔ آپ اسے نہیں جانتے۔ اسے دوبارہ کھڑا ہونا راس نہیں آئے گا۔ اسے یوں ہی آدھا ادھورا رہنا چاہیے ورنہ میں کہیں کی نہ رہوں گی۔ آپ کا سہارا پا کر یہ پھر اپنے حدود دربعہ کو پھلانگ۔۔۔"

"تمہارا ڈر بے بنیاد ہے۔" وہ رک کر بولا۔

"حدود اربعہ کو پار کرنے والی بات کیا غلط ہے؟" قندیل پھڑ پھڑانے لگی۔ "جو کچھ ہو چکا ہے وہ کم نہیں۔"

"کبھی درست تھی مگر اب بالکل غلط ہے۔ کیا اتنا عرصہ نرک بھوگ کر بھی

میں نے کچھ نہیں سیکھا۔" وہ الفاظ کو چبانے لگا۔ "تم نے میرا دُکھ اپنی آنکھوں سے دیکھا ہے۔ جس غم نے تمھیں آدھا کر دیا کیا میں اسے بھول سکتا ہوں۔ تجربہ انسان کا سب سے بڑا گرو ہے۔ تمھیں بھی میری طرح اس آدمی کا مشکور ہونا چاہیے۔" اس نے مجھے مروّت بھری نظروں سے دیکھا۔ "اب جلدی کرو۔ ٹانگیں اٹھا کر اندر لے جاؤ اور ان کی مالش کر کے انھیں گرم پانی سے صاف کر دو۔ ٹھہرو، پہلے میرے سینے پر پٹی باندھ دو تا کہ خون زیادہ نہ نکل جائے۔"

"اب مجھے جانے دو۔ میں گھبرانے لگا۔"

"تم کبھی شادی نہ کرنا ورنہ تمھیں بھی بیوی کے روپ میں اپنا دشمن مل جائے گا۔" وہ میری بات کو نظر انداز کر گیا۔ "تم ہی بتاؤ سمرسٹ مام کو ماننے والا آدمی میرے کس کام کا۔ اس بوڑھے کو بھول جاؤ، وہ سنکی ہے۔" اس نے میرا ہاتھ پکڑ لیا۔ "بیٹھ جاؤ۔ کھنڈر میں دروازے اور کھڑکیاں لگانے کے بعد ان پر پالش کون کرے گا؟"

"لیکن تمہاری بیوی۔۔۔"

"اس کی فکر نہ کرو۔ میں نے اس کی بات مان لی ہے۔"

"کون سی بات؟"

"وہی حدود اربعہ والی۔ اب میں لکشمن ریکھا پار کرنے کی غلطی نہیں کروں گا۔"

"بس!"

"بس اتنا ہی۔ وہ یہی چاہتی ہے۔"

"کیوں؟"

"تاکہ میں پھر سے خود مسماریت کے چکر میں نہ پڑ جاؤں۔ آئینے کے سامنے کھڑا ہو کر بھی اپنے آپ کو ناپا نہیں جا سکتا۔" وہ اپنی ڈھلی ہوئی ٹانگوں کو پہننے لگا۔ "ارے میں پھر کھڑا ہو سکتا ہوں۔" وہ چہکنے لگا۔ "لیکن چل نہیں سکتا۔" وہ مایوس ہو گیا "مگر تم جو ہو۔" وہ پھر مجھے اعتماد بھری نظروں سے دیکھنے لگا۔ "تم مجھے دوبارہ چلنا سکھا سکتے ہو۔ صرف چلنا۔ فکر مت کرو۔ اب میں بھاگنا نہیں چاہتا۔ کسی کے سہارے صرف چلا ہی جا سکتا ہے۔" اس نے میرے کندھے پر ہاتھ رکھ دیا۔

"اب تم لیٹ جاؤ۔ میں نے اسے مشورہ دیا۔ "کل تمھیں باہر گھما لاؤں گا۔"

"نہیں میں ابھی یہاں سے نکلنا چاہتا ہوں۔ وقت ضایع کرنے کا گناہ میں نے پہلے بھی کبھی نہیں کیا۔ بچّے بھی اسکول سے لوٹنے والے ہیں۔ وہ آگیے تو۔۔۔" وہ مجھے دروازے کی طرف دھکیلنے لگا اور اس کی بیوی چلّاتی رہ گئی۔

"ذرا فضا کو سونگھ کر دیکھو۔" شہر کے وسط میں پہنچ کر وہ رک گیا۔ "اس میں یقیناً ابھی تک میرے وجود کی بُو باقی ہے۔" میرے خاموش رہنے پر وہ جھنجھلا گیا۔ سمرسٹ میں سے کوئی خوشبو نہیں پھوٹی۔ کیا تم نے اس بوڑھے کی پائیوریا زدہ دانتوں میں سے نکلتی بدبو سے متنفر ہو کر بھی منہ نہیں پھیرا۔" وہ مجھے آگے چلنے کا اشارہ کرتے ہوئے پھیلنے لگا۔ "دنیا بہت بڑی ہے۔ سلسلہ دور تک بکھرا پڑا ہے۔ اس انتشار کو مجھے ہی سمیٹنا ہے۔ دوسرے کچھ نہیں کر سکے۔" اس کی آواز میں اس کا لہو سرسرانے لگا۔ "تو لوگوں نے بہت کوشش کی مگر بات بنی نہیں۔ ہر بات ہر کسی کے بس میں ہو تب نا۔" مجھے اپنی طرف غور سے دیکھتے پا کر اور بھی دور جانے لگا۔

"میری سمجھ میں نہیں آتا کہ لوگ آج کل اپنے آپ کو چھوٹی چھوٹی ذہانتوں کے مالک کہتے ہیں۔"

"وہ یہی محسوس کرتے ہوں گے۔"

"میں نہیں مانتا۔" وہ رک گیا اور لمبا سانس لینے لگا۔ "ایک بار فضا کو پھر سے سونگھ میرے سوا کسی اور کے وجود کی بُو کا احساس بھی ہوتا ہے۔ تم تو سانس ہی نہیں لیتے۔" وہ چڑ گیا۔ "ذرا سینہ پھلا کر تو دیکھو۔" اس نے اپنے پھیپھڑے ایک بار ہوا سے بھر لیے اور بڑے رازدارانہ لہجے میں پوچھنے لگا، "سچ بتاؤ میں زندہ رہوں گا کہ نہیں دراصل میں اس یقین کے ساتھ مرنا چاہتا ہوں۔"

"عقلمند آدمی ایسے سوال نہیں پوچھا کرتے۔" میں نے نہ چاہتے ہوئے بھی کہہ دیا۔

"تو تم بھی ان میں سے ہو جو کہتے ہیں اب کوئی بڑا کارنامہ انجام نہیں دیا جا سکتا۔ عظمت کے پیدا ہونے کا امکان نہیں رہا۔ اس نے مجھے انگارے برساتی نگاہوں سے دیکھا۔" "تم بھیڑ کی طرف دیکھنا بند کر کے میری بات کیوں نہیں سنتے۔ بھیڑ تو خود میری طرف متوجہ ہے۔ ذرا افق پر تو نگاہ دوڑاؤ۔ دیکھو تو وہاں پڑتے سایوں میں واضح تر خدوخال والا کون ہے۔ لیکن تمہاری نظر تو سڑک کے اس پار تک نہیں جاتی۔" اس نے دفعتاً اپنے ہاتھ میرے کندھوں سے ہٹا لیے اور تن کر کھڑا ہو گیا۔ "پتہ نہیں لوگ ایک مقام پر پہنچ کر خود سے کنارہ کش کیوں ہو جاتے ہیں۔ ایک حد ہی کیوں۔۔۔" وہ نتھنے پھلا کر اپنے آپ کو متوازن رکھنے کی کوشش کرنے لگا۔ "یہ آدمی بھی مجھے سڑک پار کرنے میں مدد دینے کی بجائے۔۔۔" میرا سہارا لیے بغیر ہی

اس نے اپنا قدم فٹ پاتھ سے نیچے رکھ دیا اور دوسرے ہی لمحے لڑکھڑا کر سڑک کے عین بیچ جا گرا۔ اس سے پہلے کہ میں کچھ کرتا اس کا جسم کالی سڑک کا حصہ بن چکا تھا اور اس کی چیخ نے ٹریفک کو جام کرنا شروع کر دیا تھا۔

***

۳

شوکیس والا گڈا

کل رات تک وہ سوچ بھی نہ سکتی تھی کہ اتنی سی بات اس کے من کے موسم کو اس طرح تِتّر بتّر کر دے گی۔ کل رات اسے بچپن کی گھٹنا یاد آئی۔ بمبُو کے ساتھ کھیلتے ہوئے اس کا گڈّا ٹوٹ گیا، بمبُو اُداس ہو گئی۔ "رنجنا تمہارا گڈّا!"

اس نے بمبُو کو جملہ پورا نہیں کرنے دیا۔ اسے بازو سے پکڑ کر گھسیٹتی ہوئی بازار لے گئی۔ بساطی کی دکان پر شوکیس میں پڑے گڈّے کی طرف اشارہ کرتے ہوئے بولی، "شام کو ماں سے پیسے لے کر اسے خرید لوں گی۔"

"لیکن وہ گُڈا تو تمہاری جان تھا۔" بمبو اس کی بے نیازی پر حیران رہ گئی۔

"اب وہ ہے کہاں؟ وہ تو مر گیا۔" وہ ہنسنے لگی اور بمبو کی پریشانی پر اور بھی زور سے ہنس پڑی۔

بڑی ہو کر بھی اسے گُڈّے والا واقعہ نہیں بھولا۔ "کوئی بھی بات بڑی ہونے پر بھی اتنی بڑی نہیں ہوتی۔" وہ سوچتی۔۔۔ گُڈّے گُڑیائیں ٹوٹتی رہتی ہیں۔ زندگی پھر بھی چلتی رہتی ہے۔ بساطی کا شوکیس کبھی خالی نہیں ہوتا۔ نہ کمہار مرتا ہے نہ کھلونے ختم ہوتے ہیں۔۔۔ من اور خواب کا رشتہ اٹوٹ ہے۔ لوگ خواہ مخواہ اپنے کو کوستے

رہتے ہیں۔ وہ نہیں جانتے کہ جو ہے اسے پورے من سے اپنانے اور جو نہیں رہا اسے بھول جانے کا نام ہی زندگی ہے۔ ایسا کرنے سے نہ وقت کو ہم سے شکایت رہتی ہے نہ ہم کو وقت سے گلہ۔ سچّائی یہی ہے باقی سب سوانگ۔۔۔"

ٹوٹے ہوئے گڈّے اور شوکیس کے سہارے ہی اس نے اتنا بڑا حادثہ برداشت کیا۔ اپنی شادی کی رات لگن منڈپ کے دُھوں دُھوں کرتے ہون کُنڈ میں اپنے وجود کے ایک حصے کی آہوتی ڈال کر وہ ماضی سے مکت ہو گئی۔ بچے کھچے کو سمیٹ کر اس نے خود کو نوین کے ساتھ جوڑ دیا۔

کل رات سے یہ کیا ہونے لگا؟ شوکیس خالی اور سونا کیوں لگنے لگا؟ اس میں پڑے ثابت گڈّے کی جگہ کھیل میں ٹوٹا کھلونا کہاں سے آ گیا۔ لوکیش کو بیتے مدت ہو گئی۔ پھر وہ بساطی کی دکان میں کیسے آ داخل ہوا؟ اس نے تو اسے گلی کی نکّڑ والے کوڑے کے ڈھیر پر پھینک دیا تھا اور ماں کو کہہ کر نیا گڈّا خرید لیا تھا۔

لوکیش سے مکت ہو کر ہی اس نے نئے موسم کو پہنا۔ جاتی ہوئی رُت کا ماتم کرتے رہنا اس کی فطرت نہ تھی۔ وہ تو اپنے وجود اور مکمل خود سپردگی کو مانتی تھی۔ ادھوری چیز سے لگاؤ بھی ادھورا ہوتا ہے۔ اسی ترنگ میں وہ لوکیش کے ساتھ بہتی چلی گئی۔ اسے کیا پتہ تھا صرف مٹّی کا کھلونا ہی نہیں ہاڑ مانس کا پتلا بھی ٹوٹ جاتا ہے۔

یاترا میں ایک پڑاؤ پر اچانک ہی لوکیش اٹل سچائی کا روپ دھارن کر کے اسے سمجھانے بیٹھ گیا، "رنجنا اب ہم دونوں کے لیے کچھ بھی باقی نہیں بچا۔ انتظار بیکار ہے جو طے ہو گیا ہے اسے ہی ناٹک کا انت سمجھو۔ تم کہا کرتی ہو۔ ہاتھ سے سرکتی ڈوری کو پکڑے رکھنے کے بجائے۔۔۔"

تھوڑی دیر تک اس کی طرف دیکھتے رہنے کے بعد وہ بولا، "آخری فیصلہ کرنا میرے ہاتھ میں نہ تھا۔ یہ بات میں نے تم سے کبھی نہیں چھپائی۔۔۔ میں جانتا ہوں کامنا ظالم ہے اور اچھا اکثر کربناک ندامت کا روپ دھارن کر کے ہمارے من کو کچوکتی ہے۔ پھر بھی ہمیں اپنے میں لوٹ جانا چاہیے اور تمہیں بھی۔۔۔"

اس سے آگے اسے کچھ سنائی نہ دیا۔ وہ سنّاٹے میں آگئی۔ بمبو کی اداس آواز اس کے وجود میں گونجنے لگی لیکن وہ اسے بازار لے جانے سے پہلے لوکیش کے ہونٹوں کو نوچنے پر تل گئی۔۔۔ کیا اپنائیت کی اس سیما پر پہنچ کر فیصلہ، آخری فیصلہ، جیسے شبدوں کا سہارا لے کر اپدیش دینے جیسا پاپ کوئی دوسرا ہو سکتا ہے؟ لیکن اسی وقت پاس بیٹھی سرلا دیدی نے اس کی طرف ممتا بھری نظروں سے دیکھتے ہوئے کہنا شروع کر دیا: "میں تیرے دکھ کو سمجھتی ہوں، رنجنا۔ تیرا من بھی مجھ سے چھپا نہیں۔ چار سال کالج میں اکٹھے رہنے کے بعد بھی کیا میں تجھے نہیں جان سکی؟ لیکن یہ معاملہ کھلونے توڑنے اور خریدنے کا نہیں۔ آج بھی لوکیش اپنے گھر والوں کے ساتھ کھڑا ہونے کی ہمت کرے تو میں تیرے راستے سے ہٹ جاؤں گی۔"

دیدی نے لوکیش کی طرف اشارہ کیا اور بولتی چلی گئی، "میں تمہیں ماضی کو بھول کر نئی زندگی شروع کرنے کو نہیں کہہ سکتی۔ اب بھی تم دونوں۔۔۔"

دیدی کے جملہ پورا کرنے سے پہلے ہی وہ اپنے میں لوٹ آئی اور دھرتی پر بکھرے پڑے گڈّے کو بے نیازی سے دیکھتے ہوئے کہہ اٹھی، "میرا اتنا ہی دوش ہے کہ میں لوکیش کے جیون میں اس کے ماں باپ کی راہ سے ہو کر نہیں آئی۔"

دوسرے ہی پل وہ بساطی کی دکان کے آگے کھڑی بمبو کو شوکیس والا گڈّا دکھانے

لگی۔

اسے اپنے میں ڈوبا دیکھ کر سرلا دیدی نے اس کا چہرہ اپنے ہاتھوں میں لے لیا، "جو بھی ہو، میں اپنا جی چھوٹا نہیں ہونے دوں گی۔ تم نے میری عمر کی ہو کر بھی مجھے دیدی مانا ہے۔ اس رشتے کو انت تک نبھانا۔۔۔ رنجنا تم تو جانتی ہو عورت کے لگاؤ کے رُوپ انیک ہیں۔ یہ تو مرد ہے جو۔۔۔"

دیدی کی بات سن کر وہ اور بھی پریشان ہو گئی۔ انہیں اس حالت میں بھی مکت من سے مسکراتے اور بے لوث لہجے میں باتیں کرتے دیکھ کر وہ ٹھگی سی رہ گئی۔ پھر اسی معصوم مسکان کے سہارے وہ اپنے کو بٹورنے لگی اور اس نے نوین والا گڈّا خرید کر خود کو اس میں سمو دیا۔ اپنے کو وصول کر لیا۔

لیکن یہ تو کل شام تک ہی تھا۔ کل شام تک موسم ٹھہرا ہوا تھا۔ کوئی الجھن تھی نہ کوئی سمسیا۔ وہ خوش تھی کہ اس نے خود کو وقت پر سنبھال لیا۔ بچپن کی چٹان کا سہارا لے کر کھڑی ہو گئی اور پوری شردھا سے خود کو نوین کو ارپت کر دیا۔ کٹّو اور آشو نے اس کی راہ بالکل ہموار کر دی۔ اسے پتہ نہ تھا کہ اپنے خون کا موہ اتنا زیادہ ہوتا ہے۔ بچوں کو دیکھتی ہوئی وہ نوین کو بھی بھول سی گئی۔ پھر ہموار لگن میں یہ گڑبڑ کیسے ہو گئی؟ چھوٹی سی بات کو لے کر وہ پیچھے کو دیکھتی ہوئی دور تک اڑتی دھول میں کیا ڈھونڈنے لگی؟

بات سرلا دیدی کے ہاں شروع ہوئی۔ لیکن بات اتنی اسادھارن نہ تھی۔ ایسی باتیں اس کے اور لوکیش کے بیچ اکثر ہوتی رہتیں۔ ماضی اپنا پھن اٹھاتا رہتا لیکن اسے ان کو ڈسنے کا حوصلہ نہ ہوتا۔ کبھی کبھار تو نوین بھی اسے چھیڑ کر ہنسنے لگتا۔ لیکن

ماحول کے ڈانوا ڈول ہو جانے کی نوبت نہ آتی۔ طوفان کا تو سوال ہی کیا ہوا کا ہلکا سا ریلا بھی ان کو چھو کر نہ گزرتا۔ سب کچھ مذاق، دل کی وشالتا اور سہن شکتی کے دریا میں بہہ جاتا۔

کل کی بات الگ، سوال تو آج کی آندھی کا تھا۔ شانت جھیل میں چٹان کہاں سے آگری؟ وہ بیٹھے بیٹھے بکھرنے کیوں لگی؟ گم پھوڑے کا اسے کبھی احساس تک نہ ہوا۔ من برسوں سے بند پڑے کمرے کے کواڑوں پر جانی پہچانی دستک اور اس کی بالکونی میں قدموں کی بہت پہلے سنی چاپ کیوں گونجنے لگی۔ ان چاہا کرب کیوں ڈسنے لگا۔ کل شام وہ سرلا دیدی کے ہاں سے لوٹی تھی تو بھی اسے اس سب کا پتہ نہ تھا۔ بس میں بیٹھی وہ نوین اور بچوں کا سوچتی رہی۔ گھر پہنچ کر اس نے کٹّو اور آشو سے پیار کیا اور نوین سے چائے کو پوچھ کر رسوئی بنانے میں جٹ گئی۔

لیکن کام سے نپٹ کر جب وہ بستر پر لیٹی تو اپنے من پر اس کے ادھیکار کا پول کھلنے لگا۔ وہ اپنے سے الجھنے لگی۔ سرلا دیدی کے گھر پر ہوئی ایک ایک بات اسے گھیرنے لگی۔ لوکیش کے ساتھ ہوئی مختصر سی گفتگو اس کے دل و دماغ میں کنکھجورے کی طرح چپک گئی۔ دیدی کے گھر سے چلنے سے تھوڑی دیر پہلے وہ بیڈ روم میں بیٹھی لوکیش سے ہنسی مذاق میں لگی تھی۔ اچانک لوکیش گمبھیر ہو گیا۔

"آج کل تم کون سے اسکول جاتی ہو؟"

"وہی سروجنی نگر والے۔"

"کل میں تمہارے اسکول آؤں گا۔"

"ضرور آنا۔"

"تم میرے پہنچتے ہی اسکول سے چھٹی کر لینا۔"

"کس لیے؟" وہ چونکی۔

"میرے ساتھ آوارہ گردی کرنے کے لیے۔"

"نہیں!" نہ چاہتے ہوئے بھی وہ غصے میں آ گئی۔

"نہیں؟"

"ہرگز نہیں!" اس کا چہرہ لال ہو گیا۔

اتنے میں دیدی چائے لے کر آ گئیں۔ لوکیش ہنستا ہوا انہیں اس کے غصے میں آ جانے کا کارن بتانے لگا۔ وہ سنبھل سی گئی۔ جیسے جس بات کا اسے انتظار تھا وہ ہونے ہی والی ہو۔ اسے لگا آج دیدی کا موڈ بگڑ جائے گا۔ ان کا چہرہ تمتما اٹھے گا۔ جو بات خود اس سے برداشت نہیں ہوئی اسے دیدی کیسے سہن کر لیں گی؟ لیکن کچھ بھی تو نہیں ہوا۔ دیدی شانت رہیں۔ ان کی آنکھیں بجھیں نہ چہرہ ہی سیاہ پڑا۔ چائے میز پر رکھ کر وہ ہمیشہ کی طرح مکت من سے مسکرانے لگیں اور اپنے معصوم انداز میں بولیں: "ماضی بھی زندگی کا رنگ ہے۔ اسے بُھلا دینا بھی کوئی بات ہے بھلا۔۔۔ کچھ تو۔۔۔"

دیدی کی طرف بوکھلائی نظروں سے دیکھتی ہوئی وہ اندر ہی اندر کسک اٹھی جیسے آج بھی اسی کی ہار ہوئی ہو۔ دیدی کوئی دوسری بات کرنے لگیں اور دیکھتے ہی دیکھتے سب صاف ہو گیا۔ لوکیش ہنسنے لگا۔ وہ بھی مسکرانے لگی۔ ان دونوں سے وداع ہوتے وقت اسے کچھ بھی یاد نہیں رہا۔ اگلی بار بچوں کو ساتھ لانے کا وعدہ کر کے وہ کوٹھی سے باہر آ گئی۔ یہ سب تو اس کے اکیلا نہ ہونے تک تھا۔ رات کی

خاموشی میں اس کے اندر کا سناٹا گونجنے لگا۔ اس گونج میں لہراتی لوکیش کی آواز اسے بے حال کرنے لگی۔ وہ سمے اور استھان کو کھوجتی ہوئی بدھ پارک، اوکھلا، قطب مینار اور مجنوں کے ٹیلے کی سیر پر نکل پڑی۔ ان جگہوں پر اسے لے جانے کے لیے لوکیش اکثر اس کے اسکول آجاتا۔ یہ سجھاؤ لوکیش کو اسی نے دیا تھا۔ جس دن لوکیش کو آنا ہوتا وہ بار بار گیٹ پر جا کر باہر کی سڑک کو دور تک نہارتی رہتی۔

ان دنوں اسے اور کچھ نہ سوجھتا۔ لوکیش اور اپنی چاہت کے ایک ہو جانے نے اسے پاگل کر دیا تھا۔ پاگل پن سادھنا کا روپ دھارن کر بیٹھا۔ سادھنا کے اڈگ وشواس میں تبدیل ہوتے ہی اس کا تن من آنند سے بھر گیا۔

"ضرور میری سادھنا میں جانے انجانے کوئی کمی رہ گئی۔" وہ اپنے من کو بلونے لگی۔ "ورنہ میں اس ہار کا منہ دیکھتی!" وہ لوکیش کے پریشان بھولے پن کو یاد کرنے لگی۔ اسی کے کارن وہ اس کی جانب کھنچی اور اس میں ڈوب جانے کے لیے بے قرار ہو اٹھی۔ اس کے من نے کہا۔ لنگڑی محبت تو بس شراپ ہوتی ہے۔ اپنے پر بھروسے کے کارن ہی اسے لوکیش کے من میں کبھی کبھار پیدا ہونے والا شک بے معنی لگتا۔ وہ یونہی ڈر جاتا ہے۔ اس کے ماں باپ نے مجھے اس کے ساتھ ملنے سے پہلے خود نہیں دیکھا تو اس میں کون سی بڑی بات ہے۔ اسی کھائی کو پاٹنے کے لیے وہ اکثر لوکیش کے ساتھ اس کے گھر جانے لگی۔ لوکیش کی ماں نے کوئی اعتراض نہیں کیا لیکن اس کے باپ کی آنکھیں اسے دیکھ کر ضرور گہری ہو جاتیں۔

اس ناٹک کا دکھانت اس شام ہوا جب وہ لوکیش کے کمرے میں بیٹھی اس کے پاؤں سے جوتے اتارتے ہوئے انہیں بار بار چوم رہی تھی۔ اسی وقت لوکیش کا باپ

انجانے ہی اندر چلا آیا۔ ان دونوں کو اس حالت میں دیکھ تھوڑی دیر بُت بنا کھڑا رہنے کے بعد بولا، "رنجنا! میں شادی سے پہلے کی محبت کو محض واسنا مانتا ہوں۔ یہ آدمی کے کردار کی لطافت کا ناش کر دیتی ہے۔"

"یہ آپ کا وچار ہے۔" اپنی سادھنا میں اس کے وشواس نے ہی اسے یہ کہنے کا ساہس دیا تھا۔ "میں ایسا نہیں مانتی۔ میرے وچار میں۔۔۔" وہ لوکیش کی طرف دیکھتی ہوئی اس کے بولنے کا انتظار کرنے لگی لیکن اس نے منہ نہ کھولا۔ اپنے باپ کی آواز میں چھپی ضد کو للکارنے کا حوصلہ اس میں نہیں تھا۔ رنجنا کو اپنی جانب پکارتی نظروں سے دیکھتا پا کر اس نے آنکھیں نیچی کر لیں۔ اس کے باپ کو اپنی حالت پر رحم بھری نگاہیں ڈالتے دیکھ کر وہ لہو روتے دل کے ساتھ وہاں سے چلی آئی۔

اس کے بعد لوکیش اس کے پاس سرلا دیدی کے ساتھ ہی آیا۔ دیدی اس کی ہم عمر اور ہم جماعت تھی لیکن اس دن اسے لگا وہ اس سے کہیں بڑی ہیں۔ ان کے ساتھ بات کرتے ہی وہ سب کچھ بھول کر ان کی خلوص بھری مسکان میں کھو گئی۔ اپنے من میں سرسراتے زہر کا اس مسکان سے مقابلہ کرتی ہوئی وہ اندر تک کانپ اٹھی۔

"کیا میں اسے جیت سکتی ہوں؟"

ماضی کو اپنے گردن میں پھندا کستے دیکھ کر وہ بستر سے اٹھ کھڑی ہوئی۔ جب اتنا کچھ ہو چکا پھر یہ سٹ پٹاہٹ، تلملاہٹ اور ماضی کے اجگر کی جکڑن کیسی! وہ دور نزدیک کا سوچنے لگی۔ کیا میں اس نئی سادھنا کا گلا گھونٹ دوں! اپنا سروناش کر لوں! جب کوئی پاپ نہیں کیا تب کچھ پراپت نہیں ہوا۔ اب یہ سب کچھ سوچنے کا پاپ اور

اس کا دنڈ۔۔۔! وہ اپنے کو سمیٹتی ہوئی من کی سلوٹ نکالنے لگی۔ لیکن گتھی سلجھی نہ سلوٹ نکلی۔ رات بھر اسکول اور لوکیش، لوکیش اور دیدی، دیدی اور خود کو ایک دوسرے سے جوڑتی توڑتی، ہنستی کھیلتی، سسکتی سبکتی ہوئی وہ پہلو بدلتی رہی۔ ماضی کو ماضی سے کاٹنے میں لگی آخر وہ دیدی کی ممتا بھری مسکان کا آنچل تھامے بیٹھی رہ گئی تو اس کا دل اس کی اپنی ہی سمجھ میں نہ آنے والی ندامت سے بھرنے لگا۔ شوکیس میں کبھی ثابت سالم گڈّا کبھی ٹوٹے ہوئے کھلونے کے ٹکڑے۔

صبح ہوتے ہوتے ندامت اسے پوری طرح نگلنے لگی تو آدھی ادھوری تیار ہو کر اس نے نوین کو جگایا۔ پہلی بار کَٹّو اور آشو کو اسکول بھیجنے کی ذمہ داری اس پر ڈال کر وہ وقت سے بہت پہلے بس اسٹاپ پر آگئی۔ اسٹاپ پر پھیلے سونے پن کی گود میں سر کتے ہی وہ تلملا اٹھی، "دیدی مجھے اس تنہائی کے احساس سے بچانے کے لیے پتہ نہیں کیا کیا کرتی رہتی ہیں۔ خالی پن کا سوچنے تک نہیں دیتیں۔ مجھ میں اپنے کو انڈیلتی رہتی ہیں۔" وہ انجانی راہ پر بڑھنے لگی۔ "آخر یہ سب کرنے کا انہیں کیا حق ہے؟ مجھے اپنی زندگی کیوں نہیں جینے دیتیں سراب کی اپنی کشش ہے۔۔۔!"

"دیدی سے بگڑتے جھگڑتے اس کی بس آگئی۔ بس میں بیٹھتے ہی وہ اپنے کو بٹورنے میں جٹ گئی۔ میں کہاں نکل گئی۔۔۔!" وہ الٹے پاؤں لوٹی، "مجھے نوین کو نہیں بھولنا چاہیے۔ وہ نہ ہوتا تو میں بھی نہ ہوتی۔"

اسکول پہنچ کر سب سے پہلے اس نے اپنا ٹائم ٹیبل دیکھا۔ یہ دیکھ کر ڈر سی گئی کہ وہ خالی ہے۔ اسے آج کسی کلاس کو کتابیں بانٹنی ہیں نہ کسی سے واپس لینی ہیں۔ صرف رجسٹر پورا کرنا ہے۔ "یہ بھی کوئی معمولی کام نہیں۔" اس نے خود کو تسلی دی۔ "اس

کے لیے بھی توجہ اور وقت درکار ہے۔" لائبریری کا دروازہ بند کر کے اُس نے اندر سے چٹخنی چڑھا دی۔ اپنی سیٹ بیٹھ کر رجسٹر کھول لیا۔ دھیرے دھیرے یہ ایکانت بھی اسے اپنی ٹوہ کے مارگ پر لے چلا۔ قلم اس کے ہاتھ میں لٹکنے لگا۔ ایک بار پھر اس کے من میں رنگوں اور آوازوں کے پھول کھلنے لگے۔ وہ ماضی کے رومانس میں بھٹکنے لگی۔ منزل کے بعد منزل پار کرنے لگی۔ ایک پڑاؤ پر پہنچتے ہی اس کے پاؤں میں کانٹا چبھ گیا۔ وہ وہیں بیٹھ گئی۔ اسی دم سرلا دیدی اپنی میٹھی مسکان کے ساتھ سامنے آکر اسے دلاسہ دینے لگیں۔

دیدی کو دیکھ کر وہ تڑپ اٹھی۔ ان کی طرف دیکھتی ہوئی وہ ہارے ہوئے جیو کی طرح بے بسی کے احساس سے بھرنے لگی۔ ان کی مسکان کا زہر اس کے انگ انگ میں پھیلنے لگا۔ ان کے کل شام کہے شبد اس کے کانوں میں گونجنے لگے۔ اسی پل سامنے کی کھڑکی کو اپنی آپ کھلتے دیکھ کر وہ جھنجھلا اٹھی اور اسے بند کرنے کو سوچ کر اٹھ کھڑی ہوئی۔ لیکن پہلا قدم اٹھاتے ہی ایک کسک اس کے دل کو چیرنے لگی۔ وہ مڑی اور کمرے کا دروازہ کھول کر تیز تیز چلتی ہوئی اسکول کے گیٹ پر آگئی۔ گیٹ کو پار کر کے وہ باہر دور تک پھیلی سنسان سڑک کو نہارنے لگی۔

***

۴

ایک ٹانگ کی گڑیا

اس دن میں بہت اداس تھا۔

اپنے آخری دنوں میں وہ بھی اداس رہنے لگا تھا۔

ان د دنوں اس کے مریدوں کی بھیڑ چھٹ گئی تھی۔ وہ ان کی طرف دھیان جو نہ دیتا۔ ان کی بجائے وہ اپنے کتے میں زیادہ دلچسپی لینے لگا تھا۔

میرا خیال تھا وگھڑ پیر کو اپنے لنگڑا ہونے کا کوئی غم نہیں۔ لیکن اس کے آخری دنوں میں میرا بھرم ٹوٹنے لگا۔ میں اس کی بے چینی کا کارن کھوجتے ہوئے اس کی بائیں ٹانگ کو دیکھتا رہتا۔ وہ بھی اسے ٹٹولتا ہوا اندر ہی اندر ٹوٹتا رہتا۔

پہلے کافی ہاؤس بند ہوتے ہی اپنے گرد آکھڑا ہونے والوں کو دیکھتا ہوا وہ کسمسانے لگتا۔ اس کی زرد آنکھوں میں عجیب چمک آجاتی۔ دن بھر کی خجالت کو جھاڑ کر وہ اپنی بیساکھی کے سہارے اٹھ کر کھڑا ہو جاتا۔ دو چار قدم لڑکھڑانے کے بعد بڑی روانی سے ناچتا ہوا اپنے دھول بھرے لمبے بالوں کو جھٹکنے لگتا۔ ہماری حیرت بڑھتی جاتی۔ دھیرے دھیرے ہم اس کے ناچ میں کھو جاتے۔ پھر وہ گھڑی آتی جب اس کی آدھی ادھوری ٹانگ بیساکھی میں جذب ہو جاتی۔ ہمیں یقین ہو جاتا پیر لنگڑا

نہیں ہے اس کی اس کی دونوں ٹانگیں سالم ہیں۔ اس کے ناچ میں کوئی کج نہیں۔ وہ زندگی کی تال کو پہچانتا ہے اور اس کی لے پر ناچتا ہے۔

لوگوں کے من کو پڑھتے ہوئے میرے منہ سے نکل جاتا: "یہ پہنچا ہوا فقیر ہے۔ بیساکھی کو زندہ ٹانگ بنانے کا گر جانتا ہے۔"

بھکتوں کو میری بات پر سر ہلاتے دیکھ کر پیر کی داڑھی مسکرانے لگتی۔ اس میں اٹکے تنکے تھرکنے لگتے۔ پیر بیساکھی کو پھینک کر ایک ہی ٹانگ پر ناچنے لگتا اور اپنے بازو آگے کو پھیلا دیتا پھر ہاتھوں کو اوپر اُٹھا دیتا۔ جیسے دنیا بھر کے دین دکھیوں کے لیے دعا کر رہا ہو۔ وہ ناچتا رہتا اور اس کا چھوٹے قد کا کتا کوں کوں کرتا ہوا اس کی بیساکھی کو چاٹتا رہتا۔ مجھے وشواس ہو جاتا کہ پیر کو اپنے لنگڑا ہونے کا کوئی ملال نہیں۔ کبھی کبھی مجھے لگتا وہ اپنے اپاہج ہونے کو وردان سمجھتا ہے۔

یہ بات اس وقت کی ہے جب کافی ہاؤس دھرتی پر تھا۔ پیر اس کے سامنے والے نیم کے پیڑ کے نیچے ڈیرہ ڈالے پڑا رہتا۔ اپنی چیتھڑوں کی پوٹلی اور ٹین کے ڈبے کو پیڑ کی جڑ میں رکھے سگرٹ بیڑی پھونکتا رہتا۔ کافی ہاؤس کی طرف دیکھتا ہوا اپنے کو اندر ہی اندر کھوجتا رہتا۔

اس کے گرد بھیڑ کے اکٹھا ہونے میں اس کی نگاہوں کے زرد سونے پن کا بڑا ہاتھ تھا۔ لوگ اس میں کچھ ڈھونڈنے کی کوشش کرتے۔ پیر مسکرانے لگتا۔ ہونٹوں پر پھیلی مسکراہٹ کو نگاہوں کے پھیکے پن میں کھلتے دیکھ کر مرید عقیدت سے بھر جاتے تبھی پیر صدا لگانے لگتا۔ اونگھتے آس پاس کو آنکھیں ملتے دیکھ کر میں بول پڑتا، "یہ صدا نہیں فطرت کے دل کے ناسور کی ہوک ہے۔"

مریدوں کو سن ہوا دیکھ کر پیر اپنی پوٹلی سے چیتھڑا نکالتا۔ اسے زمین پر بچھا کر مجھے اس پر بیٹھنے کا اشار کرتا۔ چند ہی لمحوں میں وہ اپنے کو سمیٹ کر آنکھیں بند کر لیتا۔ اسے اپنے میں ڈوبا دیکھ کر لوگ منتیں ماننے لگتے۔ اس کے گھور گمبھیر چہرے کو دیکھتے ہوئے سجدہ کرتے اور اپنے ٹھکانوں کو چل دیتے۔ رات گیے آکاش کی آنکھیں ٹپکنے لگتیں، پیڑ سسکیاں بھرنے لگتا۔ دھرتی بھی سبکنے لگتی۔ پیر آنکھیں کھولتا۔ مجھے اپنے پاس بیٹھا دیکھ کر کہتا:"تم اس زرد چہرے والے سے ناطہ توڑلو اس کے پاس کچھ نہیں۔ میرے پاس بھی اسے دینے کو کیا دھرا ہے! اس کی میرے لیے عقیدت بھی اس کو نجات نہیں دلا سکتی۔"

مجھے خاموشی سے اپنی بات سنتے دیکھ کر وہ بیڑی سلگا لیتا۔ دو چار کش کھینچنے کے بعد اسے زمین پر مسل دیتا:"تم اس کا مارگ جانتے ہو نہ منزل۔ اس کے انتشار کا ٹھکانہ نہیں۔ ہسپتال کے عقب میں رہتے رہتے وہ دماغی دق میں مبتلا ہو گیا ہے۔"

"تم کیسے جانتے ہو؟"

"وہ میرا پرانا مرید ہے۔ بہت پہلے اس نے مجھے بتایا کہ اسے آئینہ دیکھ کر وحشت ہوتی ہے۔"

"وہ کیوں؟"

"وہ کہتا تھا آئینے میں پہلے اسے ایک کے دو پھر دو کے چار پھر ان گنت چہرے دکھائی دینے لگتے ہیں۔"

"اس کا کارن بھی بتایا ہو گا۔"

"وہ کوئی ڈاکٹر تھوڑی ہے لیکن مجھے پتہ ہے کہ اس پر دق کے زہر کا اثر

ہے۔ اس روگ کے مردہ ہیجان نے اس کا دماغی توازن بگاڑ دیا ہے۔ اس کی کسی بات میں ٹھہراؤ نہیں رہا۔ اب وہ کسی پل کچھ بھی کر سکتا ہے۔ ہو سکتا ہے کسی دن وہ آئینے سے ہی بھڑ جائے اور کانچ کے ٹکڑے اس کے رگ وریشے کو کاٹ ڈالیں۔"

"پھر تو اسے بچانا چاہئے۔"

"کوئی کسی کو بچا سکتا ہے؟" پیر نے میری بات کو رد کرتے ہوئے پوچھا، "کیا اس نے کبھی تمہارے ساتھ کافی پیتے ہوئے اچانک ہی کہنا شروع نہیں کر دیا؟"

"کیا کہنا شروع نہیں کر دیا۔"

"یہی کہ قید سے بھاگنے والے پانچوں میں سے ایک بھی نہیں بچا۔ تین پولیس کی گولی کا شکار ہو گیے اور دو نے آتم ہتیا کر لی۔"

"کئی بار وہ بڑبڑایا ضرور ہے لیکن میرے پلے کچھ نہیں پڑا۔"

"یہی بڑبڑاہٹ اس کی بیماری کی نشانی ہے۔ اس کا منہ سے نکالی بات کے بدلے سگرٹ مانگنا اور سگرٹ ملتے ہی وہسکی کے لیے گڑگڑانا اس بیماری کے کارن ہے جو اس پر قابو نہ رہنے سے لفظوں پر بھی کوئی۔۔۔ورنہ۔۔۔ خیر تم اس سے پیچھا چھڑاؤ۔ اب تو اس کے چہرے پر تانبئی چمک بھی لہرانے لگی ہے۔ باتیں کرتے ہوئے منہ سے جھاگ چھلکتی ہے۔ پتہ نہیں وہ کیوں نہیں سمجھتا کہ بات ڈھیر لگانے کی نہیں بات کاٹ چھانٹ کرنے کی سوجھ بوجھ ہونے کی ہے۔۔۔ لیکن بندر کے ہاتھ بلیڈ لگ جائے تو کوئی کیا کر سکتا ہے۔۔۔!"

پیر خاموش ہو جاتا۔ آس پاس ماتمی دھن گونجنے لگتی۔ میرے من کے پردے پر ایک کے بعد دوسرا چہرہ ابھرنے لگتا۔ اس پر پیر کا جھنجھلانا یاد آتا۔ اور

سامنے کی چیز دور اور دور کا منظر بالکل سامنے دکھائی دینے لگتا۔ پیر کی خاموشی بولنے لگتی:

"تم تو اس کی محبت سے کبھی باز نہیں آتے جس کے بازو کہنیوں تک برف میں دھنسے ہوئے ہیں۔ اسے صرف سردی ستاتی ہے جھلس کر رکھ دینے والی لو کا احساس تک نہیں۔ کیا تماشہ ہے کہ اس کے لیے موسم تین چوتھائی مر چکا ہے۔ میں نے اسے کئی بار سمجھایا ہے کہ ایک باگ کا گھوڑا ایک ہی سمت میں مڑتا رہتا ہے لیکن دِشائیں انگنت ہیں۔ کاش وہ جانتا کہ کوئی راہ منزل تک نہیں جاتی، دِشاؤں کو بدل بدل کر پہننے میں ہی ہماری مکتی ہے۔ صرف برف کی بات کرنے، اس میں دفن اپنے بازوؤں کو دیکھ کر چونکنے اور اس کی دہائی دینے سے کچھ بھی بننے والا نہیں۔ سوائے اس کے کہ ہم کولہو کا بیل بن جائیں۔۔۔"

فضا میں گھر کرتی ٹھنڈک کو محسوس کر کے میں پہلو بدلتا۔ اس کے ساتھ ہی میرے سامنے روس کی یاترا سے لوٹے سرکاری لوٹن کبوتر کا چہرہ آجاتا۔ وہ بار بار کہتا۔ تم نہیں جانتے سمور کا کوٹ اور سمادار کیا چیز ہیں۔ ہمیں اپنی بات پر مسکراتے دیکھ کر اس کا روز بروز چوڑا ہوتا ہوا ماتھا کھل اٹھتا۔ وہ لو سے مرجھائی پسینہ پسینہ ہوئی شام کو بھول کر اپنی گود میں پڑے سمور کے کوٹ کو اوڑھنا شروع کر دیتا۔ میں اسے کافی پینے کے لیے کہتا تو وہ گھر میں پڑے سمادار کی یاد دلاتا۔ اب میں کافی نہیں پیتا۔ سمادار میں بنے قہوے کے سوائے مجھے کچھ اچھا نہیں لگتا۔

"میں نے ٹرانسپورٹ بھون کا انچارج ہوتے ہوئے بھی یاترا نہیں کی۔ میرے دفتر میں دنیا بھر کے سندر استھانوں کے چتر لٹکے ہیں، لیکن فاصلہ طے کرنے کا سکھ

میرے بھاگیہ میں نہیں۔ دوسروں کو اپدیش دینے اور خود سمے اور ستھان کو سر کرنے میں ناکام رہنے جیسا دکھ کوئی نہیں۔ صرف ذریعہ مل جانے سے منزل نہیں مل جاتی۔۔۔" وہ بلور اٹھا کر پھر پپوٹوں میں سجا لیتا۔

"اسی کو بدقسمتی کہتے ہیں۔"

پٹھان کو یوں اداس دیکھ کر مجھے پیر کی بات یاد آ جاتی۔ اتنے بڑے ڈیل ڈول کے آدمی کو یہ بھی نہیں معلوم کہ ہم کہیں سے چلتے ہیں نہ کہیں پہنچتے ہیں۔ یاترا پانو پر چلنے کا نام نہیں۔۔۔ دراصل دونوں میں سے کوئی بھی نہیں چلتا۔۔۔ وقت نہ ہم۔۔۔ وا تاورن کے بے چین ہوتے ہی پٹھان کی دائیں طرف بیٹھا ڈاک بابو کافی کا پیالہ میز پر رکھ دیتا اور اپنی پائپ سے کھیلنے لگتا۔

وہ اس وقت کو یاد کرتا جب وہ محض ڈاکیہ تھا۔ لوگوں کو چٹھیاں بانٹنے سے پہلے انہیں پڑھ کر خوش ہوا کرتا تھا۔ اب بھی وہ باہر کے دیشوں سے آنے والی ڈاک کو کھولنا نہیں بھولتا۔ ان میں سے ایک آدھ خط اب بھی خود اس کے مالک تک پہنچاتا ہے اور انہیں اس میں لکھی تحریر کو سمجھاتے ہوئے اندر ہی اندر پھولتا رہتا ہے۔۔۔ پائپ کو صاف کرتے ہوئے وہ سمرقند اور شکاگو سے آئے ان خطوط کو یاد کرنے لگتا ہے جس میں لکھا ہے۔۔۔ ہم زندہ ہیں اس لیے محسوس کرتے ہیں۔۔۔ ہم محسوس کرتے ہیں اس لیے زندہ ہیں۔۔۔ اسے معاملے کی باریکی کو سمجھنے میں ناکام ہوا دیکھ پیر کہتا۔۔۔ یہ بے چارہ نہیں جانتا کہ ہماری پیاس ہمارے اندر کے چشمے سے ہی بجھ سکتی ہے۔ پیر کی بات کے کانوں میں گونجتے ہی میں ڈاک بابو کی طرف دیکھنے لگتا۔ وہ اپنی مسکین مونچھوں کو اور بھی دبانے کی کوشش کرتا تو مجھے اس کے ڈرائنگ روم

میں سجے کاغذ کے پھول یاد آنے لگتے۔

مجھے کافی ہاؤس کلچر کی بابت سوچتے پاکر پیر آکاش میں پھیلے ستاروں کو دیکھتا اور جھلا اٹھتا: "یہ دیودھر بھی خوب ہے۔ یونیورسٹی کے پروفیسر ایسے ہی ہوتے ہیں؟ اس سے کوئی بات کرو اپنی جیب ٹٹولنے لگتا ہے۔ یہ آدمی ہے یا کوڑے دان؟ بھلے ہی اس میں کچرے کی بجائے ہیرے پڑے ہوں۔ سارے گیان دھیان کے باوجود اس بے چارے کو یہ پتہ نہیں چل سکا، ہر سچائی بھرم کے سہارے کھڑی ہے اور ہر بھرم میں کہیں بہت اندر سچائی اونگھ رہی ہے۔ ویسے تالستائی، نطشے، برگساں اور پکاسو پر چرائی ہوئی تنقید نشر کرنے میں کوئی حرج نہیں۔ آخر چور بھی مالدار کہلانے کا حق رکھتا ہے۔ بھلے ہی ایک دن ندامت۔۔۔"

پیر کی بات سن کر میں حیرت میں ڈوب جاتا۔۔ یہ آدمی کافی ہاؤس کے باہر سے ہی اندر بیٹھے لوگوں کی بابت کیسے جان لیتا ہے۔ مجھے کافی ہاؤس ایک مردہ گھر دکھائی دینے لگتا جہاں ہم سب اپنا اپنا پوسٹ مارٹم کرنے پر بھی خود کو جان نہیں پاتے۔ ہمارے اندر کی سڑاند ہی ہمیں خود فریبی میں ڈال کر اپنے سے بہت دور کر دیتی ہے۔۔ میں پیر سے پوچھتا۔۔۔ کیا ہم میں سے کوئی بھی سالم نہیں۔۔۔؟ پیر جواب نہ دیتا۔ اس کی خاموشی اور بھی گہری ہو جاتی۔ رات بھی تھک ہار کر اونگھنے لگتی۔ دھیرے دھیرے بے بسی کی چادر اوڑھ کر سو جاتی۔

پھر وہ رات آئی جب راج بھون کا کرودھ پاگل پن کی حدوں میں داخل ہو گیا۔ اچانک ہی سب کچھ مسمار کیا جانے لگا۔ جان، بے جان ہر چیز کو انجانے میں دھر لیا گیا۔ اس رات کافی ہاؤس کو بھی ملیا میٹ کر دیا گیا۔ اس کے استھان پر ایک

انڈر گراونڈ مارکیٹ بنانے کا اعلان ہو گیا۔

پیر کے لیے بہت بڑا حادثہ تھا۔ دھرتی سے اس کا عشق جنون میں تبدیل ہو چکا تھا اور نیا کافی ہاؤس بارہ منزل عمارت کی تیسری منزل پر تھا۔

پیر بڑی مشکل سے اپنا اڈہ چھوڑ کر نئے کافی ہاؤس میں جانے کو راضی ہوا۔ اپنی بیساکھی، چیتھڑوں کی پوٹلی اور ٹین کا ڈبہ سنبھال کر چل پڑا۔ اس کا چھوٹے قد کا باریک آواز والا کتا بھی اس کے ساتھ تھا۔ مجھے بار بار کتے کی طرف دیکھتے پا کر وہ رک گیا، "شاید تمہیں یدھشٹر کا کتا یاد آرہا ہے؟" وہ مسکرایا، "یہ وہ تو نہیں لیکن اس سے کم بھی نہیں" وہ پھر چلنے لگا۔

کافی ہاؤس والی بلڈنگ کے بڑے دروازے پر پہنچ کر وہ ٹھٹک گیا، "اگر میں یہیں ڈیرا ڈال دوں؟" اس نے میری طرف پہلی بار بے بسی سے دیکھا۔

"نہیں یہاں بیٹھنے سے بات نہیں بنے گی۔"

"اچھا چلو۔" تھوڑا سوچ کر وہ سیڑھیاں چڑھنے لگا۔ کافی ہاؤس تک پہنچنے کے لیے چالیس سیڑھیاں تھیں۔ پہلی دس چڑھتے چڑھتے اس کا دم پھول گیا، وہ رکا نہیں۔ لیکن اکیسویں سیڑھی پر پاؤں رکھتے ہی وہ لڑکھڑا گیا۔

"میں اوپر نہیں جاؤں گا۔" اس نے اپنے کو بڑی مشکل سے سنبھالا، "یہ سیڑھی دوسری سیڑھیوں کے مقابلے میں کافی بڑی ہے۔" اس نے سیڑھی کے کونے میں پوٹلی اور ڈبہ رکھ دیا اور بائیں پہلو میں بیساکھی کو لٹا کر وہیں بیٹھ گیا۔ اس دن سے پیر اداس رہنے لگا۔ اس دن اس نے کچھ نہ کھایا۔ میرے بہت کہنے پر آدھی رات کو ایک پیالہ کافی پی۔ پھر اکتاہٹ بھرے لہجے میں مجھے گھر جانے کے لیے کہنے

لگا۔ دوسری شام کو اس کی عجیب حالت تھی۔ اس کے ہاتھ میں مٹی کی ایک ٹانگ والی گڑیا تھی۔ گڑیا کو دیکھتے ہوئے وہ روئے جاتا تھا۔ روتے روتے اپنی بیساکھی چاٹتے کتے کے سر پر ہاتھ پھیرنے لگتا تھا۔ مجھے دیکھ کر بھی اس نے گڑیا ہاتھ سے چھوڑی نہ رونا بند کیا تو میں نے پوچھا، "یہ کیا ہے؟"

"یہی تو ہے جسے میں نے آج تک چھپائے رکھا۔" اس کی آواز میں تھکن اور اداسی کا ٹھکانہ نہیں تھا۔ "یہ مجھے ایک کمہارن نے دی تھی۔ ان دنوں میں گلی محلے گھومتے ہوئے صدا لگاتا اور لوگوں کو ان کی نجات کا یقین دلاتا پھرتا تھا۔۔" پیر نے آہ بھری۔ "ایک دن وہ کمہارن میرے پاس سے گذر رہی تھی۔ میری صدا سن کر رک گئی، ایک پل میری طرف دیکھتے رہنے کے بعد اس نے اپنے سر پر رکھے ٹوکرے میں سے یہ گڑیا نکال کر میرے ہاتھ میں تھما دی۔ مجھے اپنی طرف حیرت سے تکتے پا کر بولی۔۔۔ اسے سنبھال کر رکھنا۔۔ اسی دم مجھے لگا گڑیا بے جان مٹی نہیں ہے۔۔ لیکن میں نے اسے چیتھڑوں میں چھُپا دیا۔ آج برسوں بعد اسے نکالا ہے۔۔" پیر خاموش ہو گیا۔

"وہ کیوں؟"

"کل سیڑھی پر لڑکھڑاتے ہی مجھے اس کا خیال آیا اور اس کے بھید کا پتہ چل گیا۔"

"کون سے بھید کا؟"

"یہی کہ اس گڑیا نے اپنی رچنا کے دوران کمہار کے وجود سے منکر ہونے کا پاپ کیا، کمہار نے اسے ادھورا چھوڑ دیا۔ یہ نہیں جانتی تھی۔۔۔ یہ بے چاری نہیں

جانتی تھی۔ پیرولاپ کرنے لگا۔

"کیا نہیں جانتی تھی؟" میں سہم گیا۔

"یہ معصوم نہیں جانتی تھی کہ ایک آنچ کی کسر کا نتیجہ کتنا المناک ہوتا ہے۔ ایک آنچ کی کسر آدمی کو کہیں کا نہیں چھوڑتی۔۔۔" پیر کافی ہاؤس کو جاتی باقی سیڑھیوں کو غمناک آنکھوں سے دیکھتا ہوا کتے کو سہلانے لگا، "اب مجھے اس جانور کا ہی بھروسہ رہ گیا ہے۔"

مجھے خاموش کھڑا دیکھ کر وہ بولا، "شاید تم حیران ہو گیے۔ یہ بھکارن کا کتا نہیں اپنی مالکن کے مرتے ہی اس کی لاش کو لاوارث چھوڑ کر روٹی کی تلاش میں نکل گیا تھا۔"

"کیا کہتے ہو؟" میں نے ڈوبتی ہوئی آواز میں پوچھا۔

"میں غلط نہیں کہتا۔ مجھے وشواس ہے میرے مرنے کے بعد یہ مجھے چھوڑ کر نہیں جائے گا، آپ لوگوں کا انتظار کرے گا، شمشان گھاٹ تک میرا ساتھ دے گا۔ دیکھتے نہیں آج بھی میری بیساکھی کو کتنے پیار سے چاٹ رہا ہے۔" پیر نے پھر کتے پر نظریں جمادیں۔

"میری ایک ہی سمسیا ہے۔ میں اپنا مردہ خراب نہیں ہونے دینا چاہتا۔۔۔"

اس دن کے بعد پیر اٹھ کر کھڑا ہوا نہ اس نے ناچ کر دکھایا نہ صدا ہی لگائی۔ اس نے اپنے بھکتوں سے منہ موڑ لیا۔ اب وہ تھا، مٹی کی لنگڑی گڑیا تھی، چھوٹے قد کا کوں کوں کرتا کتا تھا جو لگاتار بیساکھی چاٹتا رہتا تھا۔ وہ تو مجھے بھی بھلا دینے پر تل گیا تھا۔ یہ دیکھ مجھے یقین ہو گیا کہ اس کے دن تھوڑے ہیں۔ میں نے ایک بیرے کو

راضی کیا کہ اگر وقت بے وقت کچھ ایسا ویسا ہو جائے تو مجھے فون کر دے۔ دوسرے ہفتے بیرے نے مجھے پیر کے مرنے کی اطلاع دی۔ میں نے فوراً پوچھا، "اس کا کتا تو اس کے پاس بیٹھا ہے۔"

میری بات کا جواب نہ دے کر اس نے مجھے کافی ہاؤس پہنچنے کے لیے کہا۔ کافی ہاؤس کی اکیسویں سیڑھی پر قدم رکھتے ہی میں نے جو کچھ دیکھا اس نے میری روح سن کر دی۔ پیر چت لیٹا تھا۔ اس کے سینے پر ایک ٹانگ کی گڑیا اوندھی پڑی اس کی داڑھی چوم رہی تھی اور اس کا کتا بڑے شوق سے اس کی آدھی ادھوری ٹانگ کو چبا رہا تھا۔

مجھے اپنی طرف بڑھتے دیکھ وہ غرایا اور مجھ جھپٹا۔ میرے پیچھے ہٹتے ہی اس نے اپنے دانت لنگڑی ٹانگ میں گاڑ دیے۔

***

۵

گلیڈی ایٹر

چِتا بھڑ بھڑاتی رہی۔

کومیلا اسے دیکھتے ہوئے پتہ نہیں کیا سوچنے لگی۔

رات کو اور بھی گھنا ہوتے دیکھ کر بولی،

لوگ کب کے لوٹ گیے۔ تم بھی جاؤ۔ مجھے پتہ نہیں کب تک رکنا پڑے۔۔۔

وہ دور تک ہو آئی،

یہ کہتا تھا چتا ٹھنڈی ہونے تک پاس بیٹھی رہنا۔

کومیلا رات کی آتما میں جھانکنے کے لیے بے چین ہو اٹھی۔

عجیب آدمی تھا۔ میرا اس کا ملاپ بھی عجیب ڈھنگ سے ہوا۔ میں جانتی تھی۔ شاید یہ بھی جانتا تھا۔ اس کی آخری خواہش اور بھی عجیب تھی۔

تم بتاؤ اس کی راکھ ذرہ ذرہ بکھیر دینے سے سمسیا حل ہو جائے گی؟

شمشان۔۔۔ کالا بھجنگ شمشان ہنکار اٹھا۔

کومیلا کی پرچھائیں کا یا کو دیکھتے ہوئے میں سننے لگا۔

اس میں بیٹھا کوئی عجیب ڈیزائن بننے لگا،

جب میں نے اسے پہلی بار دیکھا یہ شمشان سے زیادہ بھیانک لگتا تھا۔

چٹختی چنگاریاں شعلوں کا روپ دھارن کرنے لگیں۔

کومیلا بولتی چلی گئی،

یہ پریشان رہتا۔۔۔ لوگ جانے کس سمے اور کون سے استھان کی بات کرتے ہیں!

زندگی کی گہما گہمی میں بھی یہ اکثر چونک پڑتا،

مجھے سب یاد ہے کچھ بھی دھندھلا نہیں پڑا۔

کوروکشیتر کی بات جانے دو۔

اس مہایُدھ میں میرے ساتھ عجیب بات ہوئی۔

میں وہاں جانا بھی نہیں چاہتا تھا۔ میں تو اپنی پریوگ شالہ میں قدرت کے ساتھ جوجھ رہا تھا۔ اس کے سینے میں جھانکنے کی کوشش کر رہا تھا۔ پہاڑ، پاتال اور سمندر کا بھید جاننے میں لگا تھا۔ آکاش میری نظروں کو بھانپ رہا تھا اور۔۔۔ تبھی میرے کانوں میں رَن بھیری گونجنے لگی۔ میں اپنے کو بھول گیا۔ نہ چاہتے ہوئے بھی میں اٹھ کھڑا ہوا۔

یہ پچھتانے لگتا،

تم وشواس کرو میں کسی یُدھ میں اپنی مرضی سے نہیں گیا۔ کوئی دوسرا مجھے کھینچ لے گیا۔۔۔ یہ بوکھلا جاتا۔۔۔ تم نہیں جانتیں آدمی بیٹھے بیٹھے کیا سے کیا ہو جاتا ہے۔۔۔

یہ اپنی کہانی کی اور لوٹ آتا،

میرے پاس شکتی تھی۔ برسوں کی تپسیا سے پراپت کی ہوئی شکتی۔ کچھ بھی کر سکنے کی شکتی۔

اچھا ہوا اس یگ کی نیتی کرشن طے کر رہا تھا۔ ورنہ۔۔۔

مجھے یدھ بھومی میں اترتے دیکھ کرشن اداس ہو گیا۔ وہ مجھے جانتا تھا۔ میری شکتی کو پہچانتا تھا۔ اسے پتہ تھا میں اس کا ساتھ دوں گا جو ہار ہو گا۔ کوروؤں کی ہار نشچت تھی، لیکن میں ان کے ساتھ ہو جاتا تو۔۔۔

کرشن پانڈوؤں کی ہار سے زیادہ سرشٹی کے پورن وناش سے ڈر گیا۔

جس دن میں کوروکشیتر پہنچا اسی شام وہ سادھو کے بھیس میں میرے پاس آیا۔ اُس نے بھکشا میں میرا سر مانگ لیا۔

لیکن میں یدھ دیکھنا چاہتا ہوں۔ اس میں حصہ لینا۔۔۔! میں تلملایا۔

تم یدھ دیکھو گے۔ اس میں حصہ نہیں لوگے۔ کرشن کی مسکان نردئی تھی۔ اس نے میری منڈی درخت سے لٹکا دی۔

کتھا سنانے کے بعد یہ سٹ پٹانے لگتا،

سوال یہ نہیں کہ میں نے یُدھ میں حصہ نہیں لیا سوال اور ہے۔۔۔۔

کومیلا نے ایک بار پھر کالے شمشان کی لہو میں ڈوبی جیبھ کو دھیان سے دیکھا، یہ پتہ نہیں مجھے کیا کچھ بتاتا رہتا۔ اتنا کچھ یاد رکھنا آسان نہیں۔ پھر بھی مجھے یاد ہے۔۔۔ قصہ وسطی دور میں وسط ایشیا کا۔۔۔

یہ تڑپ اُٹھتا،

میں نے سدا ایک ہی نظارہ دیکھا۔۔۔ تلوار سان پر، تیر کمان پر۔۔۔

گھوڑے کی ہنہناہٹ اور ہاتھی کی چنگھاڑ۔

لشکر ہمیشہ کوچ کرتا رہا۔

ان دنوں بڑا اندھیرا تھا۔ سب کچھ لٹ چکا تھا۔ تہذیب و تمدن کی پرچھائیں تک باقی نہ رہی تھی۔ میرے ہاتھ میں بیل کی راس اور کندھے پر کدال تھی۔ پاؤں کے نیچے پتھریلی دھرتی۔

میں دن رات بھومی کی بنجر کوکھ کو اپجاؤ بنانے میں لگا رہتا۔ آشا تھی ہریالی پھوٹے گی اور میرا مقدر جاگ پڑے گا۔ اس سے پہلے میں نے پتہ نہیں کہاں کہاں کی خاک چھانی۔ آدمی دانہ پانی کی تلاش میں جانور اور پرندے سے بھی زیادہ لمبا سفر طے کرتا ہے۔

اس سے پہلے کہ میں بھومی کو مسکراتے ہوئے دیکھوں ایک دن میرے کان کھڑے ہوگیے۔

دور نقارے پر چوٹ پڑنے لگی۔ میرے دل کی دھڑکن جیسی آواز۔

میں سچ کہتا ہوں میں نہیں چاہتا تھا۔ لیکن میں نے کدال زمین پر رکھ دی۔ بیل کی راس چھوڑ دی۔ بیل کی آنکھیں بھر آئیں۔ وہ رمبھانے لگا۔ لیٹی ہوئی کدال کھڑی ہوگئی۔ اس کا دستہ میرے دائیں ہاتھ کو چومنے لگا۔ بھومی بھی آہیں بھرنے لگی۔

کدال، بیل اور بھومی سے موہ کے ہوتے ہوئے بھی میں نقارے کی آواز کی اور کھنچتا چلا گیا۔

وسط ایشیا کا میدان جس پر اندھا یگ گدھ کے پروں کی طرح چھایا ہوا تھا۔

دھول اور شور۔ تلوار کی کڑ کڑاہٹ اور تیر کی سنسناہٹ۔

کوئی تھا جو نقارے پر چوٹ لگا کر مجھے کھینچ لے گیا۔ وہ کون تھا میں نہیں جانتا۔ وہ بول رہا تھا،

لشکر کوچ کرے گا۔ تلوار اور ڈھال ہمارا نشان ہے اور نشانہ۔۔۔ ریگستان کے پرلے سرے پر پہاڑ کے اس پار کی ہریالی ہماری منتظر ہے۔ وہاں اناج، پانی، دولت ہے اور عورت بھی۔

لوٹ کا مال بانٹنے کا ترازو ہر ایک کی اپنی ڈھال۔ ڈھال بھر اناج، سونا، عورت جو بھی۔۔۔ تلوار میان سے باہر رہے۔ سروں کو کاٹتی۔ لہو چاٹتی۔

مجھے یاد ہے ایک بار میں لشکر سے بچھڑ گیا۔ بھٹک کر جنگل میں پہنچ گیا۔ عجیب نظارہ تھا۔ جنگل میں جھاڑی کے نیچے سانپ اور نیولا چین سے بیٹھے مسکرا رہے تھے۔

تھوڑی دیر میں دوسرے درندے آنے لگے۔ چھاؤں میں بیٹھ کر ایک دوسرے کے سر سہلانے لگے۔

نہ بھیڑ بھیڑیئے کو دیکھ کر سہمی، نہ بھیڑیا بھیڑ کو دیکھ کر غرایا۔ سچ کہتا ہوں چوہا شیر کی پیٹھ پر بیٹھ کر آیا۔ میں جھاڑی کی اور بڑھا کہ اس کا پتّہ توڑوں۔ اسے چبا کر اپنے بکھرے وجود کو جوڑوں۔ لیکن یہ میری قسمت میں نہ تھا۔ دیکھتے ہی دیکھتے سب غائب ہو گیا۔ نہ جھاڑی رہی نہ درندے۔

اس دن میں جھاڑی کی تلاش میں لگ گیا۔

کومیلا رُکی۔ وہ چِتا کی آنچ ناپنے لگی!

یہ کم نہیں ہوئی۔

میں نے کہا نا، تم جاؤ۔ مجھے پتہ نہیں کب تک یہاں بیٹھنا پڑے۔

مجھے جوں کا توں بیٹھے دیکھ کر وہ پھر اس کی کہانی سنانے لگی،

یہ سچ کہتا تھا۔

میں بھی جھوٹ نہیں بولتی۔

اس کا اور میر املاپ بڑا عجیب تھا۔

یدھ چل رہا تھا۔ بستی آگ میں گھری ہوئی تھی۔

یہ دھوئیں کو پار کر کے اور آگ کو چیر کر ہمارے گھر میں آدھمکا۔ اسے دیکھ کر گھر کے لوگ لرز اٹھے۔ میں مسکراتی رہی۔

میری ماں، باپ اور بھائی کی ہتیا کر کے یہ میری اور بڑھا۔ میں نے مسکرانا بند نہ کیا۔

اس نے سنگین کی نوک میری چھاتی پر رکھ دی۔ میں پھر بھی مسکراتی رہی۔

دوسرے ہی پل اس کی آنکھوں کی سرخی پگھلنے لگی۔ جبڑے ڈھیلے پڑنے لگے۔ ہاتھ بھی۔۔۔

بندوق ایک طرف پھینک کر یہ میری طرف لپکا۔۔۔ جھاڑی۔۔۔ میری جھاڑی اس نے مجھے باہوں میں بھر لیا۔

صبح ہوئی تو اس نے دیکھا یہ میری گود میں سر رکھے لیٹا ہوا ہے۔ میں اس کے بالوں میں انگلیاں پھیر رہی ہوں۔ میری چھاتیوں پر اس کے ہونٹوں کے نشان ہیں اور میرے ہونٹوں پر ان کی مٹھاس۔ رات بھر دودھ اور شہد جو چوستا رہا۔

اس دن اس نے مجھے پہلی بار بتایا،

مجھے شروع سے بگل اور نقارے کی آواز کھینچتی رہی۔ میں نے کبھی ادھر جانے کی نہیں سوچی۔ پتہ نہیں کون مجھے اس طرف کا رخ کرنے کو اکسانے لگتا۔ دھند بن کر مجھ پر چھانے لگتا۔ میں نہ چاہتا لیکن میں رک نہ پاتا۔

یہ میری طرف دیکھ کر ہمک اٹھا،

میری آنکھوں میں جمی وحشت دیکھ کر ہر کسی کا کلیجہ دہل اٹھتا۔ لیکن تم۔۔۔!

تم کون؟ تم کون؟ یہ پوچھتا رہا۔ میں مسکراتی رہی۔ اپنی دانست میں اس کے اندھیرے من میں جوت جلاتی رہی۔۔۔ اسے پرکرتی کا نیا روپ دکھاتی رہی۔

اب فوج لٹیروں کا بے ہنگم ٹولہ نہ تھی۔

اب اس کا قانون تھا اور قاعدہ بھی۔

ہر فوجی کی اپنی رجمنٹ تھی۔ اس کا نشان تھا۔ سرکار کی دی ہوئی وردی تھی اور سرکار کی طرف سے مقررہ تنخواہ۔ کوئی فوج میں بھرتی ہو سکتا تھا اسے اپنی مرضی سے چھوڑ نہیں سکتا تھا۔ بھگوڑے پر مقدمہ چلایا جاتا اور وہ سخت سزا پاتا۔

اس نے پروا نہیں کی۔ یہ میرے ساتھ بھاگ نکلا۔ ندی نالوں کو پار کر کے اس نگری میں آ پہنچا۔

دوسرے سال ہمارے لڑکا پیدا ہوا۔ یہ خوشی سے ناچ اٹھا!

اسے تلوار سے بچائیں گے اور بگل کی آواز سے دور لے جائیں گے۔

لیکن دوسرے ہی پل یہ اداس ہو گیا!

سوال نقارے یا بگل کا نہیں۔ سوال اور ہے۔

یہ اپنے سر کو جھٹکنے لگا جیسے وچاروں کی چھان پھٹک کرنے لگا۔

میری سمجھ میں کچھ نہیں آتا۔ میں نے کبھی نہیں چاہا پھر بھی میں۔۔۔ میں کس کو دوش دوں؟

کومیلا نے ایک بار پھر چتا کی آگ کی طرف ہاتھ بڑھایا،

اس کی آنچ کم نہیں ہوئی۔

خیر!

ایک دن یہ کام سے لوٹا تو گھبرایا ہوا تھا،

مجھے لگتا ہے جھاڑی سوکھنے لگی۔

اس کی بات سن کر میں چکرائی۔ میں نے اس کی آنکھوں میں دیکھا۔ ان میں سرخی ابھرنے لگی تھی۔

یہ چیخ اٹھا،

میرے کانوں میں پھر نقارہ گونجنے لگا۔

لشکر کے کوچ کرنے کی آواز آنے لگی۔

لگتا ہے مجھے تلوار بلانے لگی۔

میں کیا کروں!

کچھ گوشت کا ذائقہ اور گرم لہو کا سواد میرا پیچھا نہیں چھوڑتا۔ شاید یہ میرا وہم ہے۔ کوئی اور وجہ بھی تو۔۔۔

یہ اپنے بچے کی طرف اداس نظروں سے دیکھنے لگا۔

اس دن میں مسکرا نہ سکی۔

اس دن سے اس کی حالت خراب ہونے لگی۔ رات دن کراہتا، چیختا چنگھاڑتا

رہتا۔ کونے میں پڑی بندوق کی طرف ہاتھ بڑھاتا اور آنے والے یدھ کی خبر سناتا۔

ایک دن یہ مٹھیاں بھینچنے اور دانت کٹکٹانے لگا!

مجھے بتاؤ آج کل گلیڈی ایٹر کا تماشا ہوتا ہے یا نہیں۔

میں حیرت سے اسے تکنے لگی تو یہ ہنس پڑا۔

میں جھوٹ نہیں کہتا۔ گلیڈی ایٹر کا کرم میں نے اپنی مرضی سے نہیں نبھایا۔ وہ تو میں پکڑا گیا اور سدھایا گیا۔ لیکن سوال صرف میرے پکڑے جانے کا یا سدھائے جانے کا نہیں سوال اور بھی ہے۔

یہ اپنے کو کھوجتے کھوجتے گلیڈی ایٹر کی کہانی سنانے لگا،

پرانی بات ہے یونانی غلاموں کی تجارت کرتے، کئی ایک گلیڈی ایٹر اکھاڑے چلاتے۔ جوان، تندرست، اور توانا غلام خرید لاتے۔ انہیں خوب پالتے۔ فولاد میں ڈھالتے۔ داؤپیچ بتاتے۔ چھری چلانا سکھاتے۔

پٹھے تیار ہو جاتے تو شہر میں منادی کرائی جاتی۔ بادشاہ ملکہ اور امیروں کبیروں تک خاص دوت کے ہاتھ خبر بھجوائی جاتی۔ تماشے پر ٹکٹ لگایا جاتا۔

لوگ اکھاڑے کے گرد بیٹھ جاتے تو غلاموں کی جوڑی چھوڑی جاتی۔ دونوں کے ہاتھوں میں خنجر۔۔۔ دونوں ایک دوسرے پر پل پڑنے کو تیار۔

یہاں پہنچ کر یہ لمبی سانس لیتا،

میں قسم کھاتا ہوں بات میری سمجھ میں نہیں آئی۔ وہ کبھی نہ چاہتے لیکن وہ نہ ٹلتے۔

اکھاڑہ خون سے لال ہو جاتا۔ غلام ایک دوسرے کی تکا بوٹی اڑاتے۔

تماشائیوں کا دل بہلاتے۔ اکثر وہ گوشت کے ٹکڑے امیر زادیوں کے ہاتھ میں تھماتے۔ شہزادیاں اور ملکہ گوشت کے لوتھڑوں کو دباتی رہتیں، مسکراتی رہتیں۔

آخر ایک غلام دوسرے کو گرا کر اس کی چھاتی پر چڑھ بیٹھتا اور اپنا خنجر اس کے دل پر رکھ دیتا۔ اس وقت بادشاہ اپنی جگہ سے اٹھتا۔ اکھاڑے میں آتا۔ نیچے پڑے غلام کے سینے میں خنجر کو آہستہ آہستہ اترتے ہوئے دیکھتا اور خوشی سے تالیاں بجاتا۔ غلام کا تڑپنا اسے بہت بھاتا۔

کہانی سناتے سناتے یہ چیخ اٹھتا،

مجھے اکھاڑے میں لے چلو۔ مجھے اکھاڑے میں لے چلو۔۔۔

کومیلا نے چتا کی اور دیکھ کر آہ بھری،

اس کے پاگل پن کو بڑھتے دیکھ کر میں نے ترکیب سوچی۔ میں اسے مرغوں، مینڈھوں اور سانڈوں کی لڑائی دکھانے لے جانے لگی۔ اس کی کچے گوشت کی بھوک اور گرم لہو کی پیاس بجھانے کا اور کوئی طریقہ نہ تھا۔

یہ بڑے شوق سے دیکھتا رہتا۔

اکھاڑے کے کنارے بیٹھا قہقہے لگاتا۔ سیٹی بجاتا۔ لہولہان جانوروں کو دیکھ کر خوشی سے پھولا نہ سماتا۔ لیکن گھر آتے ہی اداس ہو جاتا۔

کل یہ بہت اداس تھا۔

اس نے اکھاڑے میں جانے سے انکار کر دیا،

جانوروں کے خون سے طبیعت اکتانے لگی۔ مجھے پرانی بو بلانے لگی۔

شام ہوتے ہی یہ کلبلانے لگا۔ ایک ہی رٹ لگانے لگا،

سچ بتاؤ داتا ورن میں بارود کی بو ہے یا نہیں۔

میں نے کوئی جواب نہ دیا۔

یہ اور بھی اداس ہو گیا،

آج فیصلہ ہو جائے۔

یا میں یا مجھ میں چھپا۔۔۔

یہ چونک پڑا۔

تمہیں ملٹری بینڈ کی دھن سنائی نہیں دیتی؟

وہ مجھے بلا رہے ہیں۔ مجھے بھی پیٹ اور پیٹھ پر بم باندھنے ہیں۔

مجھے جانے دو۔ مجھے جانے دو۔ اپنا کرم نبھانے دو۔

اس کی حالت دیکھ کر میں بلبلائی،

تم نے مجھے گلیڈی ایٹر کی دکھ بھری کتھا سنائی۔ اب تم۔۔۔

میری بات سن کر یہ کانپ اٹھا۔۔۔

تم ٹھیک کہتی ہو۔ میں نے فیصلہ کر لیا۔

وعدہ کرو چتا ٹھنڈی ہونے تک اس کے پاس بیٹھو گی اور۔۔۔

صبح ہونے سے ذرا پہلے یہ دھیرے دھیرے کونے کی اور چلنے لگا، وہاں پڑی اپنی بندوق پر نظریں جمائے۔

میں نے اسے نہیں روکا۔

اس نے بندوق اٹھائی۔ اس کو اچھی طرح پرکھا۔ زنگ اتار کر اس میں گولی ٹکائی۔

یہ نچلے کمرے میں جانے کے لیے سیڑھیاں اترنے لگا۔۔۔

میں نے اسے نہیں روکا۔

میں پلنگ پر سوتے اپنے بیٹے کو دیکھتی رہی۔

کومیلا چونک اٹھی،

بولنا چھوڑ کر وہ تیسری بار چتا کی آنچ ناپنے لگی،

یہ کم نہیں ہوئی۔ یہ بالکل کم نہیں ہوئی۔۔۔

***

۶

بتی بجھنے تک

وہ گیٹ پر پہنچ کر رک گیا۔

مورے پاپ ہرو

پربھو جی!

مورے پاپ ہرو

اس نے پارک سے آتی آواز پر کان لگا دیے۔

"رُک کیوں گیے؟ اندر چلو۔"

"اندر! اندر کیا دھرا ہے؟" وہ ہڑبڑا گیا۔

"روز یہاں آنے کو کہتے۔ ست سنگ کا گن گان کرتے نہ تھکتے۔"

"تم ٹھیک کہتے ہو۔"

وہ پھر کیرتن کے بول سننے لگا۔

اوگن چت نہ دھرو۔

پربھو جی!

اوگن چت نہ دھرو

"سنسکار۔۔۔ سداچار۔۔۔ وکار۔۔۔ من نہیں ٹکتا۔"

وہ ہاتھ میں پکڑی لکڑی سے پارک کی دہلیز کو ٹکورنے لگا۔

"یہیں بیٹھ جاؤ۔"

"اندر کیرتن ہو رہا ہے۔ مہاتما کا پروچن بھی۔"

میں نے پارک کے سامنے والی دیوار کے پاس آسن پر براجمان مہاتما کے سامنے بیٹھے بوڑھوں کی ٹولی کو دیکھا۔

"مجھے واپس لے چلو۔"

میری بات کو اَن سنا کر کے وہ اپنے مرجھائے ہاتھ سے سوکھی ٹانگ کو سہلانے لگا۔

"کہاں؟"

"وہیں جہاں سے میں نے یاترا آرمبھ کی۔"

"یہ کیسے ہو سکتا ہے؟"

"یہ نہیں ہو سکتا تو کچھ بھی نہیں ہو سکتا۔" وہ بڑبڑایا۔

"تم آگے کی چنتا کرو۔"

"جو بیت چکا ہے اسے کیسے بھول جاؤں؟ دل میں کیڑے کی طرح رینگتا ہے۔ رگ رگ کو چاٹتا ہوا۔"

مورے پاپ ہرو

پربھو جی!

اوگن چت نہ دھرو

"جیسے بھی ہو، مجھے واپس لے چلو۔"

اس نے کانوں کو ہاتھوں سے ڈھک لیا۔

"اپنے کو سنبھالو۔ جو بچا ہے۔۔۔"

"یہی سنتے، سوچتے زندگی گذار دی۔ اب۔۔۔"

"اب کیا؟"

"سمسیا بچا کھچا سنبھالنے کی نہیں، ہو چکے کو مٹانے کی ہے۔"

پارک میں آنے جانے والوں کو بھول کر وہ دُور دُور تک دیکھنے لگا۔

"اندھے کنویں کی منڈیر پر کھڑا آدمی آگے کی سُدھ لے سکتا ہے؟"

وہ لَوٹا،

"تم سمجھتے ہو، میں سٹھیا گیا۔ اوٹ پٹانگ بولنے لگا۔ ہونے والے کا دھیان چھوڑ کر ہو چکے کا رونا لے بیٹھا۔"

مجھے خاموش بیٹھا دیکھ کر کہنے لگا، "کیرتن۔۔۔ ست سنگ۔۔۔ بھجن پاٹھ۔۔۔ سچ بتاؤ کون کسی کا پاپ ہر سکتا ہے؟"

آنکھوں سے چشمہ اتار کر وہ دھندلائے شیشوں کو اپنی میلی دھوتی کے کونے سے صاف کرنے لگا۔

"گُن۔۔۔ اوگُن۔۔۔ کون نہیں چاہتا یہ بھید جان لے، ہوا کی طرح سُوکشم ہو جائے؟"

"باپ بھی یہی کہتا۔ بھجن کیرتن پر زور دیتا۔ پوجا پاٹھ کی مہما بتاتا۔"

اس کو دیکھ کر اندر کی جوت جل اٹھتی۔ اُجلی دھند پھیل جاتی۔

"وہ واتا ورن پر بھی زور دیتا۔۔۔ انسان رُوپی ہیرے کو واتا ورن ہی تراشتا ہے۔"

"تم سمجھ رہے ہو نا؟"

اس نے میرا ہاتھ اپنے ہاتھوں میں لے لیا۔

"ہمارا قصبہ زیادہ بڑا نہ تھا۔ دس بارہ ہزار کی آبادی۔ شانت چِت لوگ۔ ہندوؤں اور مسلمانوں کے محلّے ساتھ ساتھ تھے۔ وہ پریم سے رہتے۔ ایک دوسرے پر بھروسہ کرتے۔ سوچا بھی نہ تھا کہ ایک دن ایک دوسرے کے لہو کے پیاسے ہو جائیں گے۔"

ان دنوں میں دسویں کلاس میں تھا۔ مسلمان دوستوں کے ساتھ میرا بہت لگاؤ تھا۔ سیفی تو جان سے بھی زیادہ پیارا تھا۔ میں اکثر اس کے گھر جاتا۔ اس کے ساتھ مسجد کے سامنے والے میدان میں گلی ڈنڈا کھیلتا۔ دیر تک باتیں کرتا رہتا۔ محسوس ہی نہ ہوتا ہمارا مذہب ایک نہیں۔ یہ تو اس دن پتہ چلا۔ ایک دن شام پڑتے ہی ہمارے محلّے میں شور ہونے لگا۔ کالی چرن گلی میں کھڑا دہائی دے رہا تھا۔

"قصائی گائے خرید رہے ہیں۔ اسے بوچڑ خانے لے جائیں گے۔"

"بیچ کون رہا ہے؟" کسی نے پوچھا۔

"سگلی پنڈت۔۔۔"

"برہمن ہو کر!" لوگ بڑبڑائے۔

"سگلی پنڈت کو ہم سمجھا لیں گے۔ سوال تو قصائیوں سے نپٹنے کا ہے۔" کشوری نے چیخ کر کہا۔ کشوری کی بات نے جلتی پر تیل کا کام کیا۔ لوگ نعرے سے لگانے

لگے۔ لاٹھی، ٹکوا، گنڈاسا، تلوار اٹھائے مسلمانوں کے محلّے کی طرف بھاگنے لگے۔ دیکھتے ہی دیکھتے ہاہاکار مچ گئی۔ مجھے سَیفی کا دھیان آیا۔ ننگے پاؤں اس کے گھر کی طرف بھاگا۔ گھر جل رہا تھا۔ سیفی اپنے باپ اور بہن کے ساتھ خون میں لت پت پڑا تھا۔ لوگ گھر کو لوٹ رہے تھے۔ تھوڑی دیر تک میں اپنے دوست کی لاش کو دیکھتا رہا۔ پھر لٹیروں کو ٹرنک کا تالا توڑتے ہوئے دیکھنے لگا۔ تالا ٹوٹتے ہی ایک آدمی نے ٹرنک کو الٹ دیا، بکس میں سے کپڑے، گہنے اور نقدی گر کر بکھر گئی۔ دوسرے ہی پَل میں نے بھی ایک پوٹلی اٹھائی اور گھر کی طرف چل دیا۔

"اب یہ نہ پوچھنا کہ میں نے ایسا کیوں کیا۔"

وہ مجھے خاموش رہنے کو کہہ کر بولتا گیا، "رات پڑ چکی تھی۔ میں نے پوٹلی ڈیوڑھی میں چھپا دی اور اوپر جا کر باپ کے پاس بیٹھ گیا۔ مجھے دیکھتے ہی باپ نے پستک بند کر دی۔

"سیفی کو دیکھنے گیے تھے؟"

"ہاں۔"

"وہ بچ گیا؟"

"نہیں۔"

"رام رام۔" باپ نے لمبا سانس لیا۔ "تم نے تو کچھ ایسا ویسا نہیں کیا؟" وہ میری آنکھوں میں جھانکنے لگا۔

"میں نے کیا کرنا تھا؟ میں تو سیفی کو۔۔۔"

"سب بھگوان کی لیلیٰ ہے۔" باپ نے پوتھی کھول لی۔

"ساری رات میں اپنے کو کوستا رہا۔ پوٹلی کا دھیان کر کے پچھتا تا رہا۔ اپنے کو ڈنڈ دینے کا سوچتا رہا۔ سیفی کو یاد کر کے روتا رہا۔ لیکن۔۔۔"

"رک کیوں گیے؟" میں تلملایا۔

"لیکن صبح ہوتے ہی جب باپ مندر جانے کے لیے گھر سے نکلا، میں اٹھا اور بھاگ کر ڈیوڑھی میں جا پہنچا۔ وہاں چھپائی پوٹلی کو نکال کر ہاتھوں میں بھینچ لیا۔" وہ سورج کی کرنوں کو پیلی پڑتے دیکھ کر بولا، "اس دن پہلی بار مجھے اپنے درشن ہوئے۔ اسی شام باپ نے سارے پریوار کو پاس بٹھا کر دَیا اور سہن شیلتا کا ارتھ سمجھایا۔ لوبھ اور کرودھ کا کھنڈن اور بھی زور سے کیا۔ شانتی پاٹھ سے پہلے اس نے کہا۔۔۔ آدمی بات کو دھیرے دھیرے سمجھتا ہے۔ ٹھوکر کھا کر سنبھلتا ہے۔ سَمے ہمارا سب سے بڑا مِتر ہے۔ وہی ہمیں سب کچھ سکھاتا ہے۔ اس کا نرادر نہ کرو۔"

"شاید اندھیرا چھا گیا۔" اس نے عینک دوبارہ صاف کی۔

"نہیں تو۔ ابھی دن کافی باقی ہے۔" میں نے پارک میں لوگوں کی بڑھتی ہوئی بھیڑ کو دیکھا۔ "شاید تم کچھ اور بتانا چاہتے ہو۔"

"تم کہتے ہو ابھی دن کافی باقی ہے۔" اس کے ہونٹوں پر اداس مسکراہٹ پھیل گئی۔

"باپ کی بات نہیں بھولی۔ سیفی کو بھی نہیں بھولا۔ پوٹلی بھی یاد رہی۔ سَمے بیتتا گیا۔ میں کالج میں داخل ہو گیا۔ اپنے قصبے سے چالیس میل دور۔ باپ وہاں بھی ساتھ تھا۔ لوبھ اور داسنا سے بچو۔ گیان وگیان میں من لگاؤ۔ سکشا ہی چرتر نرمان کا سادھن ہے۔ چرتر مانوتا کا آدھار ہے۔ میں خوش تھا۔ پڑھائی میں مگن۔ اپنے میں گم

دوسروں سے الگ۔ دوسرے سال دسمبر میں ہاسٹل کے بوڑھے بھنگی کی جوان چھوکری صفائی کرنے آنے لگی۔ وہ کام کرتی رہتی۔ میری طرف دیکھتی ہوئی مسکراتی رہتی۔ پہلے پہل برا لگتا۔ کرودھ بھی آتا۔ اسے ڈانٹنے کو جی کرتا۔۔۔ لیکن دھیرے دھیرے میں پگھلنے لگا۔ وہ مجھے بھلی لگنے لگی۔ ایک دن میں نے اس کے بارے میں بہت کچھ سوچ ڈالا۔ ایک مِتر سے بات کی۔ اس کی تورال ٹپک پڑی۔۔۔۔"

"دیکھنا ہاتھ سے نکل نہ جائے۔ غضب کی چیز ہے۔ کیسا جوبن چڑھا ہے، سالی کو۔۔۔"

مجھے چپ بیٹھا دیکھ کر وہ بولا، "زیادہ سے زیادہ دو روپے۔" اس نے روپے میرے ہاتھ میں تھما دیے، "تم چنتا نہ کرو۔۔۔"

اس شام میں سب کچھ بھول بیٹھا۔۔۔ ذات پات۔۔۔ مان۔۔۔ مریادا۔۔۔ اپدیش، ویاکھیان۔۔۔

"میں نے لڑکی کو رات گیے آنے کو کہہ دیا۔ وہ مسکرائی اور سر ہلا کر چلی گئی۔ دوست صبح ہونے سے پہلے ہی اپنے کمرے میں چلا گیا۔ لڑکی کپڑے پہنتی ہوئی میری طرف دیکھنے لگی۔ اس کی نگاہوں میں پھیلتی نراشا کو دیکھ کر میں نے جی کڑا کیا۔ سرہانے کے نیچے رکھے دو روپوؤں میں سے ایک اسے تھما دیا۔ وہ خوش خوش کمرے سے نکل گئی۔ میں دوسرا روپیہ مٹھی میں بھینچے بیٹھا رہا۔"

"تم نے وہ روپیہ اپنے دوست کو واپس نہیں کیا؟" میں نے ڈوبتی ہوئی آواز میں پوچھا۔

"نہیں۔۔۔ وہ میں نے رکھ لیا۔" وہ مرجھائی ہوئی آواز میں بولا، "بتاؤ اب بھی

دن باقی ہے؟"

"ہاں، ابھی سورج پوری طرح نہیں ڈوبا۔ روشنی مٹ میلی ضرور ہو گئی ہے۔" میں نے کرنوں کو پیلی پڑتے دیکھ کر کہا اور اسے سہمی نگاہوں سے تکنے لگا۔

"تم ٹھیک کہتے ہو۔ ابھی روشنی باقی ہے۔ وہ کیسی بھی کیوں نہ ہو۔" اس نے لمبا سانس لیا، "میں بات پوری کروں گا۔ تم اکتا تو نہیں گیے؟"

"نہیں۔۔۔ تم کہتے جاؤ۔"

"زندگی میں کیا کچھ نہیں ہو جاتا۔ آدمی بہت کچھ بھلا دیتا ہے، بہت کچھ نیا سیکھ لیتا ہے۔ دھیرے دھیرے میرا باپ مر گیا۔ میں جو زندہ ہو گیا۔ اب وہ مجھے نہ سمجھاتا۔۔۔ لوبھ اور اہنکار سے بچو۔۔۔ اگر سمجھاتا بھی میں نہ سنتا۔ کان اور آنکھیں بند کر کے میں نے اپنے کو جیون کی بھٹی میں جھونک دیا۔ اپنے کو تیاگ کر مایا کے پیچھے پاگل ہو گیا۔ ایک دن میں کوٹھی والا بن گیا۔ بینک بیلنس بھی کم نہ تھا۔ میرے اکلوتے بیٹے نے بھی اچھا عہدہ پراپت کر لیا۔ اس کے لیے رشتے آنے لگے۔ مجھے اس کی اور اپنی قیمت کا اندازہ ہونے لگا۔ میرا تقاضہ دن بہ دن بڑھنے لگا۔ بیٹا مجھ سے بھی زیادہ لوبھی نکلا۔ اس کے سپنوں کا ٹھکانہ نہ تھا۔ بڑی مشکل سے ایک جگہ رشتہ طے ہوا۔ وہ بھی ہماری پسند کا نہیں۔ لڑکی والے سب کچھ دے کر بھی ہمارا پیٹ نہ بھر سکے۔"

"تم مجھ سے نفرت تو نہیں کرنے لگے؟"

اس نے نظریں جھکا لیں۔ لیکن دوسرے ہی پل وہ چیخ اٹھا، "ابھی کہاں، ابھی تو میں نے تمہیں کچھ بھی نہیں بتایا۔ بات تو تب شروع ہوئی جب قدرت نے۔۔۔" وہ

رکا۔ "وہ سب کہا نہیں جاتا۔ لیکن تم کہتے ہو ابھی اجالا باقی ہے۔۔۔ تو سنو۔"

"بیٹے کی شادی کو ایک سال بھی نہ ہوا تھا کہ بہو پر فالج گرا۔ اس کے شریر کا دایاں حصہ مردہ ہو گیا۔ بیٹا جلد ہی بہو سے تنگ آ گیا۔ تھوڑا بہت علاج کرانے کے بعد اسے ہسپتال میں اکیلی چھوڑ آیا۔ بہو گربھ وتی تھی۔ دوا دارو اور کھانے پینے کے بعد ٹھیک پربندھ نہ ہونے کے کارن اس نے مریل بچّے کو جنم دیا۔ بچّہ چند سانس لے کر چل بسا۔ بیٹا اور بھی پریشان ہو اٹھا۔ بہو کے پاس جانے سے گھبراتا۔ نئی شادی بھی نہ کر سکتا۔ بہو کا زندہ رہنا ہی سب سے بڑا دکھانت تھا۔ انت میں بہو کو گھر لانا پڑا۔ ہسپتال والوں نے اس کی چھٹی جو کر دی۔ دنیا کو تو منہ دکھانا تھا۔ اب وہ اپنے شریر کو گھسیٹ سکتی تھی۔ تھوڑا بہت چل پھر سکتی تھی۔ لیکن پتی کے لیے اس میں کچھ نہ رہا۔ بیٹا نشکام سیوا کا پاٹھ نہ پڑھا تھا۔"

"تو بہو مری نہیں؟" میرے منہ سے نکل گیا۔

"وہ تو نہیں مری۔" اس نے اپنی گیلی آنکھوں کو پونچھا، "لیکن۔۔۔"

"بات کو بیچ میں نہ چھوڑو۔"

"لیکن بیٹا چلا گیا۔" اس نے ہچکی لی۔

"کیا کہا؟"

"پتہ نہیں اس کے من میں کیا آئی۔ کوٹھی کا ڈیزائن بدلنے پر تل گیا۔ میں نے بھی اسے نہیں روکا۔ اس کے سوا اور تھا ہی کون! جس دن کوٹھی نے نیا روپ دھارن کیا اسی دن وہ راج مزدوروں کا حساب چکتا کرنے کے لیے بینک سے دس ہزار روپیہ نکلوانے گیا۔ سڑک پر پہنچتے ہی وہ ٹرک کے نیچے آ گیا۔ ٹرک نے اسے کچل

ڈالا۔"

"سورج ڈوب گیا۔" میں نے اسے دم لینے کو رکتے دیکھ کر کہا۔

"نہیں!" وہ بلبلایا۔ "ابھی سڑک کی بتّی جل رہی ہے۔"

وہ پھر بولنے لگا، "بیٹے کے جانے کے بعد ہمارے لیے دنیا ویران ہو گئی۔ دن رات روتے روتے اس کی ماں کی آنکھوں کی روشنی جاتی رہی۔ اب میں تھا، اندھی پتنی تھی، اپاہج بہو تھی اور تھی بھائیں بھائیں کرتی کوٹھی۔ دن تو کسی طرح کٹ جاتا۔ رات پڑتے ہی سنّاٹا گونجنے لگتا۔ سب کچھ ڈوبتا دکھائی دیتا۔"

"پھر بھی تمھیں باپ کی یاد نہ آتی؟" میں خوف زدہ ہو گیا۔

"ضرور آتی۔ لیکن کیا لابھ؟"

"تمھارے ساتھ تو بہت برا ہوا۔ گھورانیائے۔۔۔"

"ابھی کہاں۔ ابھی تو سڑک کی بتّی جل رہی ہے۔" وہ اپنے پر ہنسا۔

"میں اب بہو کو دیکھنے لگا۔ اس کی دھیر بندھاتا۔ شاستروں میں لکھی کتھائیں سناتا۔ اپنے کو کوستا۔ باپ کے کہے کو دہراتا۔۔۔ آدمی اپنے کو کبھی بھی سنبھال سکتا ہے۔ لیکن یہ زیادہ دن تک نہ چلا۔ پتہ نہیں کیسے میں پھر سب کچھ بھولنے لگا۔ اپنے میں لَوٹنے لگا۔ مجھے تو اپنا بڑھاپا اور وناش بھی یاد نہ رہا۔

بہو کا اپاہج شریر مجھے لبھانے لگا۔ ایک دن جب بہو نہا رہی تھی، میں پاگل ہو اٹھا۔ میں نے دفعتاً غسل خانے کی کھڑکی کو دھکّا مار کر کھول دیا۔ بہو کے ننگے شریر کو للچائی نظروں سے دیکھنے لگا۔ بہو چیخی اور زور زور سے رونے لگی۔ اندھی پتنی چارپائی سے اٹھ کر کھڑی ہو گئی۔ مجھے پکارنے لگی۔

"دیکھو تو بہو کو کیا ہو گیا؟"

"اب بس بھی کرو۔" میں نے اس کا ہاتھ پکڑ لیا۔ "اب تو سڑک کی بتّی بھی بجھ گئی۔"

***

یادگار افسانوں کا ایک انتخاب

وارث

مصنف: اسد محمد خاں

بین الاقوامی ایڈیشن جلد منظر عام پر آرہا ہے